やんちゃな貴公子を立派な旦那様に調教しなければなりません!?

悠月彩香

プランタン出版

-Contents-

※本作品の内容はすべてフィクションです。

序章

腕の中ですやすや寝息を立てる赤ん坊をみつめていたら、胸の奥から言葉にならない激情が湧き上がってくる。

過去に置き忘れてきた大事なものを抱いている感覚だ。

この赤ん坊は、とてもいい子だった。お乳を飲んだらすぐに寝るし、ぐずって大人を困らせすぎることもあまりない。

適度に泣き、適度に眠り、最近は声を出して笑うようになったので、ますますかわいさに拍車がかかった。

(違うわ……公爵夫人はあなたの母じゃないの。あなたは、私の子……)

ずっと悪夢の中をさまよっていたが、突然、目の前の霧が晴れた気分だった。

木漏れ日の中庭で、車椅子の公爵夫人に代わって赤子を抱きながら子守唄を歌っていたら、やわらかな赤いほっぺたと、甘く立ちのぼるお乳の香りにくらくらした。

(早く行かなくちゃ……)

急き立てられるように歩き出したら、決意が固まった。

(あなたは私の許に戻ってきたんだわ！　神さまがお返しくださった……！)

車椅子の上でうとうとしている若い夫人を一瞬だけ振り返り、走り出した。

急いで公爵邸に戻り、おくるみに赤ん坊を包むと、大きな鞄に入れて正門に突き進む。

赤子がぐずらないことを祈りながら門を抜けると、番兵が彼女の姿をみとめて会釈した。

「お出かけですか、アネルさん」

「ええ、実家の母に送る荷物があるので、街まで行ってきます」

「馬車を出しますか?」

「いいえ、大丈夫です。すぐに戻ります」

鞄の中を気にしつつも、不審がられないために笑顔を作り、急ぎ足で公爵邸を離れる。

(やっと戻ってきた、私の子――！　お祈りしていたら、神さまが叶えてくださったの)

やがて、街の手前で彼女を待ち受けていた馬車に乗り込むと、赤ん坊の丸くてふくふくした頬に何度もくちづけ、小さな泣き声を聞いて抱きしめる。

あたたかなこの感覚が――偽物だと気がつく瞬間まで。

目の前に、血の色が弾けた。

第一章　婚約者は突然に

春、ウィンズラムド王国の王都ガルガロット――。

空が夕暮れに染まりはじめた時刻、王城に続々と集まる馬車をバルコニーから眺めていたジゼレッタは、その中にお目当ての馬車をみつけると、おろしたての菫色のドレスの裾を翻（ひるがえ）して小走りになった。

ウィンズラムドにおいては、本格的な社交シーズンの始まりなのだ。そして今日は、国王主催の夜会が大々的に執り行われる。

ジゼレッタはお供をつけることもなく、子供の頃から歩き慣れた城内の階段をひとりで軽快に駆け下りた。

お淑やかな振る舞いはこの際、二の次だ。

一階の玄関広間にたどり着くと、王国の各地からやってきた貴族たちが華やかな群れとなって、次々と城内に吸い込まれてくる。

　ジゼレッタは玄関広間の隅っこで彼らの到着を今か今かと待ち受けていたが、ようやく発見すると、濃紺の瞳に星屑を浮かべて走った。

「伯父さま、伯母さま！」

　大声をあげてドレスで走るなど、とても社交デビューを果たした貴婦人とも思えぬ行為である。それに気づいた幾人かは眉を顰めたが、それでもジゼレッタが向かって行った人物を確認すると、しかめっ面をしたことを隠すように表情を取り繕った。

「まあ、ジゼレッタ！」

　彼女に気づいたのは、車椅子に座った金髪の貴婦人だった。そして、車椅子を押す、黒茶色の髪の紳士もジゼレッタに視線を向け、にこやかに迎える。

　ふたりとも、ジゼレッタがはしたなく走ってくるのを見ても、イヤな顔をするどころか、大歓迎と言わんばかりに両手を広げた。

　だが、彼女は車椅子の手前で急停止すると、ドレスの乱れを手早く直し、優雅にスカートをつまんで挨拶する。

「お久しぶりでございます、ハルバード公爵閣下、公爵夫人。お会いできるのを一日千秋の思いでお待ちしておりました」

　頭を下げると、濃厚な琥珀色をした髪がさらりと揺れた。

最新の意匠の、菫色をしたドレスをまとったジゼレッタは、小柄で、まるで絵画に描かれた天使のように愛らしい少女だ。

たまご型の輪郭に、期待に輝く薔薇色(ばらいろ)の頬。十八歳のわりにすこし童顔なところを本人は気にしているが、実際この光景を見る人々は、ジゼレッタの愛らしい顔立ちを最低でも三度見するほどだ。

「久しぶりだね、ジゼレッタ嬢。素敵なレディになった」

ハルバード公爵は五十代にさしかかったところだが、とても精悍で若々しい紳士だ。顔にいくつか散ったほくろが彼をひどく色っぽく見せており、若い頃のみならず、現在でも女性の目を惹く華やかさを持っていた。

公爵は車椅子を押す手を止めて前に出ると、跪(ひざまず)いてジゼレッタの白魚のような手を取り、その甲にくちづける。

「ルスラム伯父さまも、ますます素敵な紳士におなりですわ！」

それを聞くと、公爵は凛々しい顔をほころばせて妻を振り返った。

「聞いたかシリア、かわいい姪が私を素敵な紳士だと褒めてくれた！」

すると、五十手前とも思えぬ美貌の公爵夫人も、にこにこして手を伸ばす。

「傍に来て、ジゼレッタ。まあまあ、こんなに美しい姫君が、男性をつけあがらせるようなことを言ってはだめよ」

「つけあがるとはひどいことを。中年男性の心は繊細なんだ、もっとやさしくしてくれないと困るよ、愛するシリア」

公爵の嘆きに、ジゼレッタとシリアは同時に笑い出す。

「お変わりないようで安心しました。シリア伯母さまもお元気そうで」

「ジゼレッタもね。いえ、あなたは一年でとっても美しく、華やかになったわ」

公爵夫人シリアは母方の伯母だが、ジゼレッタは実の母よりもシリア夫人に懐いている。というのも、ジゼレッタの家であるアルフェレネ伯爵家は、子供が八人いる。その中で、彼女はひとり年の離れた末っ子なのだ。

上の子供たちの世話に追われた母は、みそっかすの末っ子を姉に預けることが多かった。ジゼレッタも、七人の兄や姉を差し置いて母に甘えることがなかなかできなかったので、伯母の許で存分に甘えて育ったのである。

そんな経緯もあり、ジゼレッタにとっては実家よりも居心地のいいハルバード公爵家である。社交シーズン中、夫妻が王都に滞在している間は毎年、公爵邸で過ごしているのだ。

「今日からまたしばらく、ハルバード公爵家にご厄介になります、伯父さま、伯母さま」

「ああ、大歓迎だよジゼレッタ。君がいてくれると、家の中が賑やかになっていい」

「でも今年は、いつもより早く王都にいらしていたんですってね」

「そうなんだ。ちょうど先週、外国の使節団が来ていてね。エヴァンス王国はあまり親交のない海の向こうの国で、滅多にない機会だからと私も呼ばれていたんだ。ところで、お父上のアルフェレネ伯爵はもう大広間に？」

「ええ、両親も先に上で待っています。ルスラム伯父さま、伯母さまは私が」

「頼むよ、ジゼレッタ」

シリア夫人は生まれつき脚が悪く、車椅子でないと外出ができないため、子供の頃からジゼレッタも車椅子を押していたのだ。

「うれしいわ、ジゼレッタ。あなたが本当にうちの娘だったらよかったのに」

その言葉に微笑みながら、ジゼレッタは伯母の内心を量るように唇を結んだ。

*

夜会の会場となる城の二階にある大広間は、王都ガルガロットへやってきた貴族たちで埋め尽くされている。

だが、彼らはハルバード公爵夫妻を見るとあわてて場所を空け、恭しく頭を下げた。ハルバード公爵は、国王の実弟なのだ。この国で第二の権力を持っている高級貴族である。

しかし、公爵についてよく王城に上がっていたジゼレッタにとって、城は子供の頃の遊び場だったし、国王は気さくなおじさんだった。

ゆえに、公爵夫妻とともに国王の許に向かうときも、まったく物怖じすることなく、にこやかなものだ。

だがこのあたりが、両親に「幼い」と思われてしまう所以だった。

「それにしても、若いお嬢さんの成長の著しさは目を瞠るものがあるな。一年見ないでいるうちに、驚くほどに美しくなる」

玉座にかけるでもなく、立ったまま談笑する国王に、ジゼレッタは苦笑を向けた。

「恐縮です、陛下。ですが両親も兄や姉も、私が童顔のせいか、未だに十やそこらの子供のように扱うのです。もう十八になりましたのに」

「まあ、そうなの？　十八ともなれば、婚約者がいても――結婚していてもおかしくない年頃なのに。私がルスラムと結婚したのも、十八のときだったわ」

「ええ、伯母さま。一番年の近い姉が結婚して、きょうだい全員が片付いたと両親はほっとしております。どうやら私は忘れられているようです」

そう言って笑ったが、実はあまりその話題には触れたくなかった。

実際、両親はジゼレッタを幼女のごとく思っているらしく、婚約者をみつけようという素振りもない。上の七人を片付けることで、燃え尽きてしまったのかもしれない。

彼女もさんざんみそっかす扱いをされてきたので、結婚なんて遠い先のことだと思っているし、結婚話を持ってこられても困り果ててしまうだろう。

ところが、この社交シーズンが始まった途端、彼女に求婚する男が現れたのだ。
あのときの出来事を思い出し、ジゼレッタはひとり密かに身震いした。

——それは先週、他の貴族の夜会に招かれたときのことだった。

両親が人々と談笑している間、バルコニーで手持無沙汰にしていたジゼレッタに、長い金髪を優美に束ねた男性が近づいてきたのだ。

男の名は、ローディス・フィン・リリカネル伯爵。

言葉を交わしたのは初めてだったが、ジゼレッタは彼の顔も名前も、素行についてもよく知っていた。

リリカネル伯爵は、近衛騎士団に属している二十代後半の青年貴族で、とても女好きのする甘い顔立ちの美青年だ。それはジゼレッタも否定しない。初めて近くで見て、迂闊(うかつ)にも目を奪われそうになったのも事実である。

伯爵は俗に言う、『女たらし』というやつだ。ジゼレッタは常々、そういう素行の人とはお近づきになりたくないと考えていた。

しかし、彼が数々の浮名を流しているにもかかわらず、それに臆することなく近づく女性は多いようだ。なにしろ、同時に付き合っている恋人が十人だとか二十人だとか、そういう噂が絶えないのだから。

そして、それが単なる噂ではないという証拠に、夜会に現れれば常に女性を連れているのだが、毎回違う相手をエスコートしているという。初心(うぶ)な娘から、夫のいる年上のご夫人まで。

そんな漁色家のリリカネル伯爵が、バルコニーでひとり手持無沙汰にしていたジゼレッタに近づいてくるなり、いきなり彼女の手を取って跪き、さっき伯父のルスラムがしたように甲にくちづけてきたのだ。

伯父ならば、気心知れた相手の挨拶ですむが、リリカネル伯爵はこの日この時まで話したこともない人だった。

人違いだろうと思うも、びっくりして目を白黒させたところ、彼はひどく煽情的な流し目でジゼレッタを見上げ、「私と結婚してください、ジゼレッタ姫」ときたものである。

あんまり驚いたものだから、無言で伯爵の手を振り払って両親の許に逃げ帰った。

それきり彼が追いかけてくることはなかったのでほっとしていたが、あれはいったい何だったのだろう。

先日の出来事を思い返して内心でブルブルしていたジゼレッタだったが、ふと頬に視線を感じてそちらに目をやった。

「えっ⁉」

思わず声をあげてしまった。

すぐ近くの壁際に、件のリリカネル伯爵がワイングラスを片手に佇んでおり、ジゼレッタと目が合うと、グラスを掲げてウインクをよこしてきたではないか。

(こんなところまで――！)

洒落た上着(ジュストコール)を着こなし、長い髪を結ったリリカネル伯爵は、とてもきれいな顔をしており、悔しいが目を惹かれる。

でも、あんな女たらしは絶対にいやだ。

まだ結婚願望はないにしても、ジゼレッタにだって人並みに結婚への憧れはある。何人もの女に手を出して、妻を泣かせるような不実な男は論外だ。

両親を通しての正式な話ではないので、遊びのために狙われているのかもしれない。なんとか追い払おうと思うのだが、もしまかり間違って、両親がリリカネル伯爵の求婚を受け入れてしまったら？　相手があの女たらしだとしても、リリカネル伯爵は騎士団でも団長に近い地位に就いていたはずだし、身分も申し分ない。

みそっかすの末娘も片付くとなれば、案外、両親も喜んで差し出したりして……。いかに彼が漁色家だとしても、海千山千の騎士団幹部。両親が言いくるめられてしまう可能性も……。

青ざめた。

「どうしたの？　ジゼレッタ」

伯母が不思議そうな顔をしてジゼレッタを見上げているので、あわてて首を振った。

「な、なんでもありません！」

ごまかし笑いをしたが、まだ頬にリリカネル伯爵の視線を感じる。彼女が国王や公爵夫妻から離れる瞬間を狙っているのだろうか。

（やだやだ、早くあっち行って……！）

助けを求めて伯父公爵を見上げるが、彼はジゼレッタの無言の訴えには気づかず、そっと彼女の頭を撫でてさみしげに笑った。

「アルロスがここにいれば、ジゼレッタをいつまでもひとりで放っておくことはなかったのになあ……」

公爵はしみじみつぶやき、国王も遠くに視線を投げた。

「アルロスがいれば、二十二歳になるか」

「ええ。今頃、どこかで元気に暮らしていると信じるほかありません」

大人たちが集う(つど)と必ずこの話題になって、伯母のシリアは目元を拭う。

アルロスとは、ハルバード公爵夫妻のひとり息子の名前で、ジゼレッタの従兄(いとこ)にあたる。

だが、アルロス公子は乳飲み子の頃に領地の邸から連れ去られ、その後も杳(よう)として行方が知れない。

それは二十二年前の夏の終わりの出来事。まだジゼレッタが生まれる前の話だ。

夫妻は領地に戻っていたのだが、伯父はその日たまたま国王に呼び出されて領地を留守にしていたそうだ。

アルロス公子を連れ去ったのは、ハルバード家に仕えていた若い侍女だった。

侍女は、ふたりが王都で過ごしていた一年以上前からハルバード家に仕えていて、夫妻はとても信頼していたのに、シリアが昼寝をしていた隙にアルロス公子を連れ出したのだ。

公爵の領地はくまなく捜索されたし、街の外へ向かう馬車という馬車も検(あらた)められたが、赤子を連れた女を乗せたという情報はなかった。

王都から連れてきた侍女はハルバード領に土地勘がないため、すぐに見つけ出されると誰しもが思っていたのに……。

シリア夫人は脚が悪いため、身体があまり丈夫ではなく、子供を授かったこと自体が奇跡だった。その中でようやく誕生した、たったひとつの宝物を奪われた彼女の嘆きは、いったいどれほどのものだったろう。

侍女に預けて居眠りをしてしまった自分を責め、自らの足で捜しにいくこともできないもどかしさで半狂乱になり、事件から数年は毎日泣いて過ごしていたという。

むろん、それ以降も思い出しては泣く日々が続いたそうだ。今でもその心の傷が癒えることはないだろう。

子のいないジゼレッタにだって、その苦しみの一端くらいは理解できる。

公爵は、後悔に苛まれる妻を一時たりともひとりにしておくことができず、王都での仕事をすべて後任に委ねて、領地でシリアとふたり、慰め合いながら過ごしてきた。

そのせいか公爵夫妻の絆はとても強い。幼い頃からこの伯母夫婦の固い結びつきを見てきたジゼレッタも、結婚するならこんなふうに信頼し合える相手がいい――ごく自然にそう思って成長したのだ。

そこへきて、あの女たらしの求婚である。

伯母夫婦が『結婚』というもののお手本だとしたら、リリカネル伯爵など、彼をとりまく噂だけで最低の結婚の見本になってしまいそうだ。

（一昨日おいでくださいっ！）

一瞬、ちらっとリリカネル伯爵を横目でにらみ、彼女は笑顔を作ってルスラムとシリアの手を取った。

「アルロスさまはきっとどこかで元気にしていらっしゃるわ。ねえ伯父さま、伯母さま、私がアルロスさまの婚約者になります！　いずれお戻りになるに違いありませんから」

咄嗟に口をついて出たこの言葉だったが、言ってから、我ながら妙案であると考えた。

すでに婚約者がいるならば、リリカネル伯爵だって引き下がるしかないだろう。

それに、実際にアルロス公子がここに存在したら、ジゼレッタとの縁組がなかったとは言い切れないのだ。

ハルバード公爵夫妻は驚いた顔をした。だが、伯父はすぐにやさしい笑顔でジゼレッタの頭を撫でてくれた。

「そう言ってくれてうれしいよ、ジゼレッタ」

「本当に。あなたとアルロスが結婚するところを見られたら、どんなに幸せでしょうね」

「公子さまは必ず無事でお戻りになりますわ。だから伯母さま、気を落とさないで」

とはいえ、ふたりにはとても申し訳ないが、アルロス公子がハルバード公爵家に戻ってくるなんて、ジゼレッタはちっとも信じていなかった。

なにしろ二十二年もの間、消息をつかむための手がかりひとつ見つけられず、行方不明のままなのだ。生死すら不明である。

事件は夫妻にとって残酷な出来事だったが、公爵邸に飾ってある、家族の肖像の中に描かれた赤ん坊のアルロスしか見たことがないジゼレッタにとって、彼はほとんど架空の人物に等しい。

それよりも、今ここで困難に直面している自分のために、名前だけ貸してもらおう……そんな安直な考えだった。

それに、公爵夫妻だって口では喜んでくれたが、本当にそんな日が来るなんて思ってはいないはずだし、この口約束でジゼレッタの将来を縛ったりはしないだろう。

（打算的な私をどうか許してください……！　でも、あんな女たらしと結婚することになるくらいなら、生死不明の婚約者を想って独身でいるほうがマシだわ！）

口約束ではあったが、ハルバード家の子息との婚約を取り付けたジゼレッタは、ほっと胸を撫で下ろした。リリカネル伯爵に対する、最強の盾を手に入れたのだ。

そのとき、広間の向こうに両親の姿を見つけた。

「あ、両親がおりました。呼んでまいりますから、こちらでお待ちください」

こうして国王の前から辞して、自分の両親を公爵夫妻の前に連れてくることになったのだが、やはりリリカネル伯爵はジゼレッタに隙ができるのを待ち構えていたようだ。

「ごきげんよう、ジゼレッタ姫。今宵はまた格段に愛くるしい。この濃紺の瞳は、まるで星の浮かぶ宇宙のようにどこまでも深く、みつめていると吸い込まれてしまいそうだ。それにあなたのその髪、古来よりウィンズラムドに伝わる美しい琥珀色ですね。深い色合いと淡い艶が混じって、とても魅惑的だ。今ではとても珍しい色です」

（くさ……ッ！）

反射的に背筋がぞわぞわして、鳥肌が立った。

「……詳細な容姿の説明をありがとうございます。どなたにご説明されているのかは存じませんが……」

誰もふたりのやりとりを聞いている人がいないのを確認し、ジゼレッタはそっけない口調になるよう努めて言った。

　常に子供扱いされてきた彼女は、男性が女性を口説くときに使う、歯の浮くような美辞麗句に耐性がなかった。王都で流行の恋愛小説でなら読んだことがあるが、実際に口にする人がいるとは。

　しかし恥ずかしいは恥ずかしいが、リリカネル伯爵みたいな凜々しい青年に言われると、我知らず頬が赤らんでしまう。

（女ったらしの常套句だわ！　油断しちゃだめ）

　咄嗟に臨戦態勢をとり、険しい目で伯爵を見上げた。

　だが、そんな必死なジゼレッタを見下ろし、彼はくすっと笑う。

「子猫が必死に噛みつくようなお顔をなさっても、あなたの愛らしさが際立つばかりですよ、ジゼレッタ姫」

　自然に彼女の手を取ろうとするので、ジゼレッタは反射的に手を引っ込めた。だが、逃げることを見越していたのか、更に腕を伸ばしてきたため、結局手を取られてしまった。

　伯爵のほうが一枚上手らしい。

「先日申し上げた件について、すこしは私のことを考えていただけましたか？　初対面で大変失礼かとは思いましたが、あなたがあまりにかわいらしくて」

「あ、の、リリカネル伯爵。私、これでも十八歳です。さっきから愛らしいとかかわいらしいとか、まるで幼い子供を褒めるみたいだわ。失礼ではありませんか？」

「お気に障ったのでしたら失礼。だが、この表現がぴたりとくるので、自然に口をついて出てしまうのですよ。私と結婚していただけませんか、ジゼレッタ」

息をするように求婚の言葉を口にし、彼が跪いて手にキスをしようとするので、強引に己の手を彼の手の中から引っこ抜いて後退った。

「どういうおつもりか存じませんけれど、私には——婚約者がおりますの！　そ、そんなふうに軽々しく求婚されても、迷惑です」

「婚約者？」

彼の蒼玉の瞳が、聞き捨てならぬと細くなる。

「あなたに婚約者がいるだなんて、寡聞にして知りません。いったい、どこのどなたが」

「ハルバード公爵家の公子さまです。私はアルロス公子さま一筋ですから、どうぞお引き取りください」

しかし、それを聞いた伯爵は、引き下がるどころか笑みさえ浮かべてジゼレッタの両手を握りしめ、ぐいっと顔を近づけてきた。

（ひぃ……っ）

逃れたいのに、謎の圧で身動きが取れず、ジゼレッタは濃紺色の瞳を真ん丸にして伯爵を見上げる。

「失礼な申し上げようながら、ハルバード公爵家のご子息は現在、どこにおいでになりますか？　公爵ご夫妻はもちろん、現在もご子息が健在であるとお信じになるでしょうし、お気持ちはよくわかります。ですが、当の本人は二十年以上行方知れず。仮に生きていたとしても、ハルバード公爵家の子息ではない、まったくの別人としての人生を歩んでいることでしょう。そんな正体の見えない不確かなものに、ジゼレッタ姫はどのように心をお預けになりますか？」

「——公子さまは絶対にお戻りになるわ。私は、それを信じています」

そう言い切ると、彼は端整な顔でふっと笑った。

「不在の人物を盾にされるとは。それに、箱入りのお嬢さまかと思いきや、ずいぶんはきはきと物をおっしゃる方ですね」

「ご期待に沿えず恐縮です。ですが、私がどういう人間かご存じないのに求婚なさったあなたが悪いのです」

「いえ、とても好ましいと思いますし、ますます闘志が湧きます。私は自分の意見をはっきり言える女性が好きですから。ではジゼレッタ姫、私はあなたが公子さまをあきらめるまで、辛抱強く待つことにしましょう。実体のない幻と、血肉を具えた実在の人物と、どちらの存在が確かなのかは言わずもがなですがね」

「私はあきらめたりなんて……」

「しかし、実際に捜しようもない相手です。二十年以上前の、ジゼレッタ姫が生まれるよりもずっと以前の事件だ。もう手がかりなど見つけられません。そんな幻の相手に、これから先の長い人生を捧げるおつもりですか？」

夫妻に婚約者を名乗り出たときは、アルロス公子が見つかるはずがないと高をくっていたジゼレッタだが、こうして嫌いな女たらしに決めつけられると、反発心が湧いてくる。

「私の心は決して変わりません！」

そもそも、公子が見つからなければ、ジゼレッタが自分に靡くと思っているあたりが癇に障る。確かに伯爵の見た目は素敵だけれど、自意識過剰で勘違いも甚だしい男だ。

「はは、では私も同じ言葉をお返ししましょう。どうぞあなたの心の片隅に、ローディス・フィン・リリカネルをお忘れなく！」

――と、こんなやりとりがあってから、ジゼレッタは夜会の間じゅう、むかむかイライラして、こそっと伯母の車椅子の後ろに隠れていた。

リリカネル伯爵はなんのつもりでジゼレッタに求婚などしてきたのだろう。

正式に結婚を、というなら、両親を通じて話を持ってくるのが筋だろうに、彼は決して、ジゼレッタの両親の前に姿を現すことはない。

さっきだって両親が近くにやってきたら、まるで逃げるようにそそくさと――というには優美な動作で――ジゼレッタの前から立ち去ったのだ。

「ジゼレッタ、さっきからどうしたの？　ずっと気難しい顔をして、あなたらしくもない」

伯母に問われて、なんでもないわと咄嗟に愛想笑いを浮かべる。

「伯父さま、遅いわね」

「仕方がないわ、一年ぶりの王都ですもの。ルスラムと話をしたい方は大勢いるのよ。私も妻としてお付き合いできるといいのだけど、長時間はだめね、疲れてしまって……」

身体は強くないし、自分で歩くことができないので体力もない。こうした人いきれがする場に長くいるだけで疲労困憊になってしまうのだろう。

「気にすることないわ、伯母さま。こうして夜会に顔を出しているだけで、十分お務めを果たしているもの。すこし、外の空気でも吸いましょうか」

「ありがとう、ジゼレッタ。あなたがいてくれて、本当によかったわ」

車椅子を押してひと気の少ないバルコニーに向かおうとしたが、シリアが「あ」と小さく声をあげたので、ジゼレッタも彼女と同じ方向を見た。

広間の中央から、こちらにまっすぐ向かってくる女性がいたのだ。

妖艶な美しい黒髪を結い上げ、しなやかな身体の線を強調するような、細身で黒に近い青色のドレスをまとった美女だった。

「ごきげんよう、シリアさま」

「お久しぶりですわね、デリナさま」

低い色気を含んだ声に、なぜかジゼレッタのほうがどぎまぎしてしまうが、それに返すシリアの声が、かすかに硬質化する。

デリナはレムシード女公爵の称号を戴く高級貴族で、ハルバード公爵の従妹にあたる。

だが、親類の挨拶だというのにシリアの表情は曇り、不器用な作り笑いへと変化していく。

ジゼレッタは庇うように伯母の前に出て、深々と頭を下げた。

「こんばんは、レムシード女公爵さま」

「あら、こんばんは。アルフェレネ家の末のお嬢ちゃん。相変わらずかわいらしいこと」

完全なる子供扱いにむっとするが、実際、彼女から見ればジゼレッタなど幼児に等しい。

年齢もそうだが、見た目も振る舞いも、存在自体が異質で際立ち、男女関係なく虜にしてしまう不思議な空気をまとった人物だ。

そして、ハルバード公爵はシリアと結婚する以前、彼女と大人の付き合いをしていたらしい……。

デリナは現在でも独身なのだ。そんな彼女に対してシリアが警戒するのは当然だったが、それ以上に黒い噂がデリナにはつきまとう。

というのも、二十二年前ハルバード公爵夫妻の息子を誘拐した侍女は、元々レムシード家に仕えていたというのだ。

ゆえに、ハルバード公爵ルスラムに未練のあるデリナが、己の侍女を公爵家に送り込んで、子を誘拐させたのだろう――などという噂が広まった。

何ら証拠のあることではないが、デリナは噂に対して一言も弁明することなく沈黙を守っている。

そんな微妙な関係の中、こうした集まりがあると、デリナはハルバード公爵が傍にいないときを見計らってシリアに挨拶にくるから、ジゼレッタの目にはいやがらせに映った。

伯母を守らなくては。そんな使命感に燃え立つジゼレッタを、デリナは涼しい目で見てうっすらと微笑んだ。

「お元気でいらっしゃるのなら、それでいいのよ。飲み物でもお持ちしましょうか？」

「ありがとうございます、デリナさま。せっかくですが、もうお暇しようと思っておりましたの。お気遣い感謝いたしますわ」

「あら、もうお帰りなの？　夜は始まったばかりだというのに、残念だわ。では、引き続きよい夜を」

意味深に笑い、黒いスパングルで飾ったドレスの裾を翻したデリナは、美しい所作で立ち去った。

「伯母さま、大丈夫？　私、あの方が苦手だわ」

「大丈夫よ。デリナさまはいつも気遣ってくださるのだけど、すこし緊張してしまうわね」

そう言ってシリアは笑うが、膝の上で手が握りしめられたままだ。

「ねえジゼレッタ、本当にお邸に戻りましょうよ。久しぶりにゆっくり話をしたいわ」

「でも、伯父さまが……」

「殿方には殿方の時間が必要よ。ここからお邸まではそう遠くないし、先に帰ることだけ伝えておけばいいわ」

　確かに、今日はやけに疲れる人々と話をしたので、ジゼレッタも精神的に疲労を感じた。伯母とふたりでゆっくり過ごすのも悪くない。

　しかし、シリアが中座すると知ったデリナの、どこかうれしそうな顔。もしかして妻がいない間に元恋人のルスラムを誘惑するつもりではないだろうか。

　もちろん、そんなことを口にするほど軽率ではなかったが、心配になってしまう。

「では伯父さまに伝えてきますから、すこし待っていてね」

　遠まわしに釘を刺しておこう。そう思いルスラムの姿を捜して広間をきょろきょろしていたら、杖をついた白髭の老人と行き会った。王国宰相のファルネスだ。王弟の姪であるジゼレッタとも面識がある。

「おや、ジゼレッタ嬢、ひとりでどうしたね？　先ほど、レムシード女公爵とお話されていたようだが、大丈夫だったかね？」

　ファルネス宰相も、あの不穏な噂を知っている。シリアとデリナが対峙しているのを見て、きっと気を揉んだことだろう。

「はい、大丈夫でした。伯母と先にお邸に戻ることにしましたので、伯父さまに伝えようと思って。ハルバード公をお見かけしませんでしたか？」

「公ならば、あのあたりで談笑しておったよ」

「ありがとうございます！」

こうしてジゼレッタはそそくさと馬車を手配し、心配そうな伯父に「私がついているから大丈夫！」と大見得を切って城を下った。

＊

ハルバード公爵の王都の邸は、城下に広がるミードの街外れに建つ。

領地の邸と比較したらこぢんまりしたものだが、四階建ての歴史ある建築物で、庭も散策ができるほどに広大だ。

城門を出て、街の周りをぐるりと囲った石畳の道を馬車で進めば、ものの二十分ほどで到着する距離である。

もうとっぷり日が暮れて辺りはすっかり夜の世界だが、街の中心部は賑わいを反映するようにうっすらと明るく見えた。

「それにしても、急にジゼレッタがアルロスの婚約者になるなんて言い出すから、今日はとってもびっくりしたわ。でも、慰めてくれたのね、ありがとう」

ランプを灯した薄暗い馬車の中でシリアが微笑み、ジゼレッタは笑ってごまかした。

感謝されると後ろめたいのだが、さすがに変な求婚者をかわすためとは言えない。あんな女たらしに求婚されていること自体、誰にも知られたくなかった。

「本当にアルロスがここにいたら、あなたとお似合いだったでしょうね。私が知っているのは生後半年までだけど、右目の下にルスラムとそっくり同じほくろが現れてきていて。大人になった今ならきっと生き写しではないかしら」

「伯父さまの若い頃の肖像、とっても素敵ですものね。あ、もちろん実物もですけど」

実際に、ルスラムは今でも色気のある男性だから、若い頃はさぞ女性にもてはやされたことだろう。

あの妖艶な美女デリナと恋人関係にあったというのも、妙にしっくりくる。

だが、ルスラムが妻を溺愛しているのは誰の目にも明らかだ。それに嫉妬したデリナがふたりの子供を――という噂も、噂と片付けてしまうには、ひどく説得力を有していた。

「本当に再会できるといいですね、アルロスさまと」

「そうね……」

しんみりしたそのときだった。大きな衝撃が起こり、馬車が跳ねた。次いでミシミシという軋(きし)んだ音がしたかと思うと、急に馬車が傾いた。

「きゃあっ」

車輪が外れでもしたのだろうか。箱馬車の底が地面に擦れる衝撃音と、御者のあわてる声が錯綜し、たちまち場の空気が混乱した。

ジゼレッタは座席から投げ出されながらも、伯母を守ろうと、必死に華奢な背中に覆いかぶさる。

やがて、何かにぶつかったのか、大きな振動がきて馬車は止まった。

「大丈夫ですか⁉」

馬車の外から、人々の心配そうな声がかけられる。その声に我に返ったジゼレッタは、シリアの肩を揺さぶった。車体が傾いてしまって、奥の扉に身体を打ち付けた格好だ。

「伯母さま、大丈夫？」

「え、ええ、大丈夫よ。あなたこそ、怪我はない？」

「なんともありません。伯母さま、待っていてね。様子を見るから」

馬車の扉の前にローブをまとった数人の人がいて、中の様子をうかがっている。どうやら神殿の神官たちのようだ。

外を見ると、カセド神殿のすぐ目の前だった。騒ぎを聞き、駆けつけたのだろう。

「お怪我はありませんか？」

窓から問いかけられ、ジゼレッタは傾いた車内をよじ登ってどうにか扉を開けると、無事を告げた。

「私たちは大丈夫です。御者の方はご無事ですか？」

「御者も無事のようですよ」

それを聞いて安堵したジゼレッタは、車内から辺りを見回した。

「いったい何が……」

「片側の車輪が外れています。大きな石にでも乗り上げたのでしょう。ともかく、お怪我がないのでしたら何よりです。外に出られますか？　代わりの馬車を手配しますから、それまで神殿においでなさい」

「感謝いたします、司祭さま」

ほっとして背後のシリアを振り返ったときだ。馬車の外に大きな男の声が響いた。

「事故の検分はオレたちが仕切るから、生臭たちはとっとと帰んな」

そう言って、声の主が馬車の周囲にいた神官たちを追い払う。

「生臭とはなんですか、嘆かわしい。神を冒瀆するおつもりですか。噂通りガルガロット衛兵隊は、まるでゴロツキの集団ですね！」

「ゴコウセツは後でな。ほれほれ、仕事の邪魔だから、あんたらは神サマの前で世界平和でも祈っててくれ」

粗野な男たちの声にジゼレッタがきょとんとしていると、ひとりの男が馬車の中を覗き込んだ。

「おい、大丈夫か――」

ぬっと馬車の中に頭を突っ込んできたのは、黒髪の若い男だった。

暗がりの中で、その顔に既視感を覚えたジゼレッタは、無意識のうちに記憶の中に彼と合致する顔を探る。

だが、彼は彼で、ジゼレッタの顔を見た途端に目を丸くして「うおっ」と変な声を出し、次いでまじまじと彼女をみつめると、「えええ――ッ!?」と素っ頓狂に叫んだ。

こちらが叫びたい気分だが、いったい彼は何に驚いているのだろう……。

「ええーマジ!? なにこの娘、めちゃくちゃかわいいな!? え、天使?」

「は？ あ、あの……」

ついぞ聞いたこともない言葉遣いに戸惑い、ぽかんとしていると、彼はにこっと人好きのする笑みを浮かべ、ジゼレッタに手を差し出した。

「とりあえず外に出ようぜ、お嬢さん」

大きな若者の手を、ジゼレッタはおっかなびっくりみつめる。

ならず者の類だったらどうしよう――そんな不安がよぎったが、彼の着ている黒い上着に、王国騎士がつける徽章をみつけた。

「騎士さまですか……？」

「オレたちゃガルガロット衛兵隊だ。さっきそこ歩いてたら馬車が事故んの見えてさ、すぐさま駆けつけたってわけ。真面目に仕事してんだよ、偉いだろ」

「え、ええ……？」

ジゼレッタが一向に手を取らないものだから、彼のほうが焦れて強引にジゼレッタの手をつかみ、斜めになった車体の中から引っ張り上げた。

いきなり腰を抱き上げられたので困惑したが、ちゃんと地面に下ろしてくれた。

外には同じ上着を着た男が他にふたりいて、馬車の下を覗き込んで事故の原因を確かめているようだ。

「腰ほっそいな！　それにやわらかいし、いい匂いがする。マジで天使なの？」

「おいギレン、ナンパならよそでやれよ」

「ちっげーよ！　こんな別嬪、見たことねえからよ」

「酒場のリディアに言っといてやるよ。同じこと言ってリディアを口説いてたのは、どこのどいつだ」

「バカやろう、あれは社交辞令ってやつだろ」

初めて聞く男たちの言葉遣いにジゼレッタは完全に失調してしまい、口をぱくぱくさせたが、はっと我に返った。

「そんなことよりも騎士さま！　まだ伯母が中にいるんです。お願いです、どうか助けてください。伯母は脚が悪くて、ひとりで立てないのです」

「うひぃ、騎士さまなんてやめてくれよ、かゆくなるぜ。ああ、まだ中に人いるのね。大丈夫っスかー。おう、グレド、メディット、中に入るから車体支えててくれ」

彼は傾斜する車内に長身を滑り込ませると、軽々とシリアの身体を抱きかかえ、難なく外へと運び出してくれた。とてもしなやかな身のこなしだ。

「怪我はねえか？　脚悪いんだって？　どっか座れるところ……」

「あ、車椅子を積んでいます！」

傾いた馬車の後ろに積んである車椅子をジゼレッタが引っ張り出そうとしたら、車体の検分をしていた巨漢の衛兵が、無言でそれを降ろしてくれた。

ギレンと呼ばれた若者は、運ばれてきた車椅子にシリアを座らせようとしたのだが、彼女がじっと自分の顔をみつめていることに気づいて、背筋を伸ばす。

「な、なんスか……オレ、どっちかっつーと娘さんのほうが好きっス！」

さっきシリアを伯母であると言ったはずだが、彼には母娘だと思われているようだ。

シリアは彼のおかしな言葉遣いをまったく気にかけることなく、穴が開くほどに強く青年をみつめている。

そして、ぼそりとつぶやく。

「アルロス……」

「へ？　あ、オレはギレン。ギレンディークってんだ。アルロスさんじゃねえっスよ」

笑ってギレンディークは言ったが、シリアはまるで聞いていないのか、彼の頬にこわごわと指で触れた。

その様子を見守っていたジゼレッタも、目をぱちくりさせる。彼の右目の下にほくろがあったからだ。

それだけではない。初めて彼の顔を見たときに覚えた、既視感の正体がわかったのだ。

(若い頃の伯父さまの肖像と瓜二つ――!)

「アルロスよ、間違いなくアルロスだわ……!」

愛おしげにほくろを指先で撫で、両手でギレンディークの頬に触れ、その形を確かめるようにシリアは手を滑らせる。

「え、ま、参ったな。人違いですって。ねえお嬢さん、どうなってんの?」

助けた女性が泣きながら自分の顔を撫でるものだから、豪胆そうな青年も困ってジゼレッタに助けを求めてきた。

「あの、騎士さま。こちらの女性のご子息は、二十二年前に誘拐されて今も行方不明のままなのです。あなたの、ご両親は?」

「え? オレに両親はいねえけど……あかんぼの頃に捨てられてて……ジジィとババァに拾われて……」

「それは、いつの話ですか?」

「二十二年、前……？」

一同の間に沈黙が落ちた。

ギレンディークは忙しなくまばたきを繰り返しながら、号泣して自分の首にすがりつく女性を見下ろしたし、ジゼレッタはこの神の奇跡に唖然として、言葉も出ない。

「いやいやいや、そんなできすぎた偶然、あるわけないっしょ」

車椅子にシリアを座らせてから、ギレンディークは明るく笑い飛ばした。

「二十二年前っつったら、王都に子供さらいが横行してた時期だ。いくらなんでも
「いいえ、間違いないわ。ルスラムに……あなたのお父さまの若い頃に、怖いくらいにそっくりだもの。それに」

シリアはギレンディークの右手を取ると、彼の手首のほくろを指さした。

「ここにほくろがあるの、よく覚えているわ。小さな赤ん坊にはほくろってあまりないものだから、とても印象に残ってて。それに、丸くてかわいい左のお尻にも、ほくろがふたつあったのよ」

「尻？」

しつこいくらいに目を瞬かせていたギレンディークだが、おもむろに腰のベルトに手をかけると、がちゃがちゃと音を立ててそれを外しはじめた。

「えー尻にほくろなんて、気づかなかったな。見てみる？」

最初、彼が何をしようとしているのかわからなくて、ただただ口を開けてギレンディークを見ていたジゼレッタだが、彼が黒く厳ついズボンを腰から下ろそうとしていることに気づくと、悲鳴をあげた。

「アホかっ」

バチンとものすごい音がした。

思わず両手で顔を覆っていたジゼレッタが、指の隙間から様子をうかがうと、さっき車椅子を降ろしてくれた巨漢が、ギレンディークの後頭部を思いきり叩いたところだった。

「ぐわっ、貴様、何しやがる――!」

お尻が半分見えた状態で四つん這いになったギレンディークは、突然の暴力に抗議の声をあげて立ち上がろうとしたが、すかさずもうひとりの衛兵が首根っこを押さえつけて、地面に這いつくばらせる。

「公衆の面前で尻出す馬鹿がどこの世界にいる。あ、ここにいたか。メディット、猥褻物チン列罪だ、絞めろ」

「仕方ねえな、ギレン。おまえ、ダメだよ。女性の前でモノ見せたらよ。そもそも、ひけらかすほどご立派なモノだったか? え?」

「モノは出してねえだろ! 尻だよ、尻!」

「明らかに前向いてただろ、この露出魔が」

彼らのやりとりがまったく理解できず、ジゼレッタは縋るように車椅子に寄った。

（え、今、お尻を出そうとしたの？　ここで？）

見回してみても、ここは室内などではなく人の目がある天下の往来だ。いくら暗いとはいえ、人目のある場所で衣服を脱ぐという行為は、ジゼレッタの常識辞典に載っていない。

「伯母さま、この人たち、意味がわかりません……」

心臓がドキドキ音を立てていて、手が震えている。本当にこの男が、長年行方不明になっていた、ハルバード公爵家の嫡男アルロスだというのか。

ギレンディークがようやく下ろしかけていたズボンを直し、服装を整えると、ふたたび沈黙がやってきた。

「まあギレン。よく事情はわかんねえが、今日はとことん納得いくまで話し合ってこいや」

「話し合いったって……」

「隊長には俺らから伝えといてやるからよ。グレド、辻馬車拾ってやれ」

納得未満の顔をしたギレンディークだったが、シリアにぜひにと乞われ、送り届けるついでにと馬車に同乗した。

＊

街外れの邸にたどりつくと、ギレンディークはひたすら目を瞠って門を見上げた。

「あの、お嬢さん。ここって確か、ハルバード公爵の……」

さすがに衛兵ともなれば、街中にある主だった邸宅の所有者くらいは知っているようだ。

「はい。こちらの方はハルバード公爵夫人シリアさまです」

「公爵夫人……って、マジかよ……」

耳慣れぬ言葉で驚きを表現するギレンディークを、ジゼレッタは困惑いっぱいに見上げた。彼はどう見ても大雑把な育てられ方をした庶民だ。これまで、ジゼレッタの世界に縁のない場所で暮らしていた人である。

「え、じゃあもしかして、オレって公爵家の息子かもしんないの⁉」

「そうなりますね」

しかし、こんなに粗雑な口調の公爵家嫡男は、国内外を見回してみても、他にちょっと見当たらないかもしれない。ジゼレッタは内心でため息をついた。

だが、長年ハルバード家に仕えている執事のラスタなどは、邸内に足を踏み入れたギレンディークを一目見るなり、目も口も大きく開けて、食い入るように彼をみつめた。

「ラスタ、アルロスが帰ってきたのよ！　ルスラムがまだ城に残っているのだけど、急ぎ戻るように伝えてちょうだい」

「なんと……なんと……！　お若い頃のルスラムさまに生き写しではありませんか！　二

十二年ぶりに……お帰りなさいませ、アルロスさま！」

床に額を擦りつけそうな勢いで、涙ながらに老執事に頭を下げられたギレンディークは、明らかに戸惑い、口の中でぼそぼそと何かをつぶやいたが、はっきりと言葉には出せずに口を噤んだ。

広々とした豪奢な応接室に彼を迎えると、部屋の奥の壁に飾られている、家族三人の絵をシリアは彼に指し示した。

「あれは、アルロスが生まれて三ヶ月の頃に描いてもらった絵よ。この家が三人家族だったという、たった一枚の証なの」

ギレンディークは絵の前に立つと、言葉もないまま黙ってそれを見上げた。

そこに描かれているのは若い夫婦と、まだ髪も生えそろわないかわいい赤ん坊。どこにでもあるような幸せそうな家族の絵だ。

だが、ハルバード家にとって『よくある幸せな風景』は、絵画の中だけにしか存在しなかった。

そして、二十二年前のハルバード公爵の絵は、ジゼレッタがあらためて見ても、やはり隣に立ち尽くしているギレンディークとそっくりだ。彼本人を見て描いたと言われても、まったく違和感はない。

それを見た彼も、どうやら人違いだと言い切ることができなくなったようだ。

「まあまあ、とにかく座ってちょうだい」

ソファに落ち着いたシリアは、あらためて正面にギレンディークをみつめてにこにこと笑みをあふれさせている。

それにしても、白を基調にした応接室には到底そぐわない、厳めしいガルガロット衛兵隊の黒い制服である。ただならぬ威圧感を覚え、ジゼレッタはこっそり首をすくめた。

彼女の目に馴染んだ、王宮の騎士が着ているような詰襟のかっちりした物ではなく、真っ黒で物々しい、だぶっとした上着だ。動きやすさを重視しているのかもしれない。

下衣も、脚にぴたりとした物ではなく太いズボンで、膝下は厳つい革の長靴だ。上から下まで真っ黒なので、彼の短い髪がすこし淡い色に見えるほどである。

最初、暗がりで見たときに黒髪だと思ったが、明かりの下で見ると、ハルバード公爵ルスラムとまったく同じ黒茶色だった。

妙な沈黙の中、紅茶が運ばれてくる。

ギレンディークは、終始落ち着かない様子でシリアの笑顔を受け止めていたが、隣にすこし距離を空けて座っていたジゼレッタにこそっと耳打ちした。

「ね、これどういう状況？　オレ何すればいいの？」

「二十二年ぶりに息子かもしれない人が帰ってきたのだから、感動なさっているんです。あなたもにここにこなさっていたらどうでしょう。それに、もうすぐハルバード公がお戻りになりますから」

「これで人違いだったら、オレ、殺されるんじゃねえか……？」

ひとまず落ち着くためか、テーブルにあった華奢なつくりのポットから、ギレンディークは乱暴な手つきで角砂糖を三つ、つまんだ。素手で。

びっくりしてジゼレッタがその様子を見ていると、彼は手づかみした砂糖を紅茶の中にやはり乱雑に落とし、音を立ててスプーンでかき回す。

カップが割れてしまわないかと、はらはらして目が離せなかった。

そうしているうちに玄関のほうが賑やかになり、誰かが走ってくる足音が聞こえた。

扉が開くと同時に、息を弾ませたルスラムが飛び込んできて、室内をぐるりと見回す。

公爵の目が、ギレンディークの姿を捉えた。

途端にルスラムは顔を歪ませ、一歩ずつ確かめるように近づいてくると、反射的に立ち上がった若者の顔を見た。

「間違いない……私の……私たちの息子だ……お帰り」

緊張の奥底から絞り出す声でルスラムは言うと、自分よりすこし高い位置にあるギレンディークの肩を抱き、咽び泣いた。

生後間もない頃の顔しか知らなくても、やはり親にはわかるものなのだろうか。

「あ、た、ただいま……」

ぎこちなくではあったが、ギレンディークは言って、自分と同じ黒茶色の髪に白いものが交じっているのを見下ろしていた。

＊

ひとしきり泣いて再会を喜んだ公爵夫妻は、二十二年前の出来事や、これまでのことをギレンディークに語り、彼も自分の生い立ちを夫妻に話して聞かせた。

二十二年前、王都ガルガロットの隅っこの民家の前で、ドロクラーという老夫婦に拾われた赤ん坊は『ギレンディーク・ドロクラー』と名づけられ、下町で元気いっぱいに（どう見てもやんちゃに）育った。

彼が十八になってガルガロット衛兵隊に入隊すると、老夫婦は相次いで亡くなった。ふたりとも八十を過ぎていたので、大往生だったそうだ。

それからギレンディークは老夫婦の遺した家でひとり暮らしをしながら、現在も衛兵として日々街の警護に当たっているのだという。

「そうか、ドロクラーご夫妻には感謝を申し上げる。よくぞ、ここまで立派な青年に育ててくれた」

「いやあ……てか、オレってここの家の子で確定？」

顔立ちやほくろの特徴などから、彼は公爵家の子息アルロスで間違いないだろうということになったが、やはりギレンディーク本人は納得しきれていないらしい。

いきなり両親と名乗る人が現れたのだから、当然だろう。

「戸惑うのも無理はないが、間違いなく君は私たちの息子だよ。たった半年しか親でいられなかったが、間違いない。なあシリア」

「ええ、間違いないわ。こんなに瓜二つの赤の他人がいたら、それはそれでとんでもない奇跡だわ。それでアルロス……」

「あの！」

シリアの言葉を遮ると、ギレンディークは頭をかきながら言った。

「事情はだいたい呑み込めた。オレがここの家の子だったかもしれないってのも、まだよくわかんねえけど、公爵サマの顔を見たら確かに似てて、ちょっと反論できそうにないんで。でもオレは、アルロスじゃなくてギレンディークって名前で二十二年生きてきたんだ。それはわかって欲しいんだけど」

「そうね、配慮が足りなかったわ。ごめんなさい。私たちにとってはかけがえのないアルロスでも、あなたにはあなたの人生があったのだものね」

「そうだね、ギレンディーク。この名は無論、君のものだ。でも、どうかこの家に帰ってきてほしい。今の生活があることは承知しているが、衛兵隊なら私は顔が利くので、どこでも異動させることはできる。ガルガロット衛兵隊に、何か特別な思い入れがあるかな?」

「いや、別に思い入れってほどのことはねえけど……たまに変な上官がくるからな。でも街にはダチがいるからよ、自由に会いにいけなくなるのはイヤだな」

「だち?」

「友達のことだよ、ジゼレッタ」

ギレンディークの言葉をだいぶ理解できていないジゼレッタが問いかけると、ルスラムが翻訳してくれた。

「君の行動を縛るつもりはない。むろん、今のままがいいのであれば構わない。この場で何もかもを決めることはないよ。ただ、私たちを両親だと思ってくれるとうれしい」

「そうっスね……まあ、その辺は徐々にってことで。あ、で、この子はじゃあ、オレの妹ってことになるのか?」

急に話を振られて、ジゼレッタは目を瞬かせた。

「いえ、私は……」

「彼女はジゼレッタ・フィン・アルフェレネといって、私の姪なの。そして、あなたの従妹で——婚約者よ!」

そう紹介されて、ジゼレッタはガッと目を見開いた。

すっかり忘れていたが、今日、それもつい数時間前、ジゼレッタはいやな求婚者をかわすために、アルロス公子の婚約者になると啖呵を切ったのだ。

（だって、まさか、公子さまが本当に現れるなんて思ってもみなかったんだもの！）

だというのに、今日の今日でいきなり二十二年ぶりに行方不明の公子と再会なんて、そんな馬鹿な話があるだろうか。

だが、夫妻の浮かれようを目の当たりにしてしまうと、婚約宣言がその場の口約束だったなんて、とても言える空気ではなかった。

「こ、婚約者⁉　ちょっと待って待って、アルロス氏は二十二年間も行方不明だったわけだろう？　生死不明の人間に婚約者て……」

貴族ってわっかんねえなとぶつくさ言いながら、彼はまじまじとジゼレッタを見た。

「そ、そうですよね、ありえないですよね」

ぜひとも婚約は断っていただければ！　そう念じつつも、冷汗が流れ落ちる。

ハルバード公夫妻はきっと、息子が帰ってきたうれしさのあまり、周りが見えていないのだ。彼だっていきなり婚約者がいるなんて言われたら、困るに決まっているではないか。

「――ここに住むことにする！」

急にギレンディークが立ち上がって宣言した。

「は……？」

「今日からでも！　こんなかわいい子がオレの婚約者って、嘘じゃないよな⁉」

「ああ、嘘じゃないぞ。今日、彼女が自ら名乗り出てくれたばかりなんだ！　息子は必ず帰ってくるからと！　シリア、さっそく夢が叶うぞ！　ジゼレッタとアルロス……ギレンディークが結婚することになるんだ！　ラスタ、いますぐ酒の準備をして、用意できるだけの料理を運んでくれ！　今日は我が家に息子が帰ってきただけじゃない、婚約まで整ったんだ！　祝宴だ！」

「お、伯父さま……」

「すばらしいわ！　二十二年間の不幸が、今日ですべて覆るのね！　ありがとう、ギレンディーク。おかえりなさい！　よかったわ、おめでとうジゼレッタ！　あなたが息子の帰還を信じてくれたから、きっと神さまが叶えてくださったんだわ！」

もはや、異を唱える空気はどこにも残っていなかった。

物静かな公爵夫妻がこんなにお祭り騒ぎをするなんて、一度も見たことのない光景で度肝を抜かれる。いやもう、三人とも同じノリだ。

（間違いなく親子だわ……）

血の気が引くのを感じながら、ジゼレッタはいきなり婚約者となった青年を見上げた。

――後悔先に立たず。

第二章　自由すぎる貴公子さまを調教することになりました

本当に、その日のうちに何もかもが進行し、再会の二日後にはギレンディークが公爵邸に正式にやってきて、この家の嫡男として暮らすことになった。

こんなにとんとん拍子に物事が運ぶなんて、しきたりや形式にとらわれた貴族社会に暮らしてきたジゼレッタには、なにもかも信じがたいことばかりだ。

とはいえ、自分との婚約はともかく、連れ去られた我が子が帰ってきた喜びは、言葉では言い尽くせないことだろう。めでたいのは紛れもない事実だ。

彼が引っ越してくる前日、ハルバード公爵夫妻がドロクラー老夫婦の墓参りをしたので、ジゼレッタもくっついていって祈った。

ギレンディークは、公爵夫妻が亡親に立派な花を供えてくれたことが殊の外うれしかったらしく、すこし照れくさそうに笑って、「ま、そういうわけだから、安心してあの世とやらを謳歌してくれよ」なんてお墓に向かって言っていた。

口調は乱暴だが、心根はやさしい若者なのかもしれない。いきなり目の前でズボンを下ろして尻を見せようとしたのは、きっと何かの間違いだろう。

「お帰りなさい、ギレンディーク。今日からこの邸があなたの家よ。といっても、ここは社交シーズンだけ使っている邸宅なので、普段私たち夫婦はハルバード領にいるの。あなたがガルガロットに残りたいのなら、ここにずっと住んでいてもいいけれど、ハルバードのお邸にも一度くらいは顔を見せてくれるとうれしいわ」

少ない荷物を持ってハルバード邸にやってきたギレンディークに、ジゼレッタの押す車椅子で出迎えたシリアは、満面の笑みを向けた。

「へえ、家がふたつもあるのか。今日は、公爵サマは？」

「まあ。公爵さまだなんて他人行儀にしないで、お父さまと呼んであげて」

シリアの顔にはうれしくてたまらないと書いてある。

しかし、彼はこれでもひとりで身を立てている成人男性である。いくら父親とはいっても、いきなり『お父さま』呼びはできないだろう。

「ルスラムは王城よ。あなたの帰還を陛下に伝えて、いろいろ手続きもしなくてはならないから。衛兵隊からの異動も相談するそうよ。夕方には戻るわ」

ガルガロット衛兵隊はもちろん王国の正式な組織だが、平民による自警団と変わらない。

隊長等の幹部職は貴族が務めているが、隊員はほぼ平民で固められており、公爵家の子息が所属するには少々不向きなのだ。

「そっか、まあいいや。この家の中、見て回ってもいい？　えーっと、オカアサマ」

照れるというよりは、からかうような口調でギレンディークが言うと、シリアはおかしそうに笑った。

「まあ、母と呼んでくれるのね！」

「慣れなくてこそばゆいけどな」

「やさしいわね、ギレンディークは。ええもちろん、ここはあなたの家だから、どうぞ好きに見て回って。あなたの部屋も用意してあるから。ジゼレッタ、ギレンディークを案内してあげてくれるかしら」

車椅子の後ろに立っていたジゼレッタは、呼ばれてあわててうなずいた。

「では伯母さまは居間に。すこしお待ちくださいね、ギレンディークさま」

車椅子を居間へ押していこうとしたら、ギレンディークが割って入った。

「オレが押していくよ。そこの部屋でいいのか？」

「まあ、ありがとう」

彼が伯母の車椅子を押して居間へ向かうのを眺め、肩をすくめた。

いきなり両親だといって現れた人々を、あんなにすんなり受け入れて馴染めるものなのだろうか。自分だったら……と想像してみようとしたが、ジゼレッタには両親もたくさんのきょうだいもいるし、考えたところでハルバード公爵夫妻の気持ちも、ギレンディークの想いも理解できるはずがない。

「お待たせ、ジゼ。じゃあ案内してもらおうかな」

居間から戻ってきたギレンディークが、床に置きっぱなしのくたびれた鞄を持ち上げ、ジゼレッタににこにこと笑顔を向けてきた。

愛想はいい青年なのだろう。口の悪さは想像を絶するが、顔立ちが公爵にそっくりなだけに、悪い人物には見えなかった。

しかし、いきなりの愛称呼びである。馴れ馴れしさにすこし怯んだ。

「では、まずギレンディークさまのお部屋からご案内いたしますね。荷物を置かれてから邸内を回りましょう」

「おっと、それ。ギレンディークさまはやめてくれよ。そんなガラじゃねえって」

「柄の問題ではありません。あなたはハルバード公爵閣下がお認めになった、正式なご嫡男——公子さまなのですから。国王陛下の甥御さまでいらっしゃいますし」

「国王の甥……マジかよ。でも、オレたちは婚約者同士なんだろ？　そんな他人行儀な呼び方じゃ肩凝るぜ。ギレンでいいよ」

「……では、ギレン——さま」

「さまはいらないって」

「無理です」

押し問答の末に、ギレンディークのほうが先に折れた。きっと、ジゼレッタが決して譲らないという顔をしていたからだろう。実際、これ以上譲る気はなかった。

「ちぇ、鉄壁だな。わかったよ、それで譲歩する。ジゼはあれだな、いきなり親しくされると警戒するクチだな」

「よく知りもしない相手に、いきなり懐に飛び込んでこられたら、警戒するのが普通ではないでしょうか」

しかもすごく柄が悪いし……とはさすがに言わないでおいた。

「見たこともない相手との婚約は承知するのに？」

「――――」

痛いところを突かれて、ジゼレッタは口を噤む。

そもそも、あの女ったらしの求婚がなければ、行方不明の人間と婚約するなんて酔狂な真似をする必要はなかったのだ。すべての元凶はリリカネル伯爵である。

あのデレデレした伯爵の流し目を思い出し、ジゼレッタは心の中で呪詛(じゅそ)を送った。

「ギレン……ディークさまも、いきなり出会った相手を婚約者にされてご迷惑でしたら、そうおっしゃっていただいて構わないですよ」

「えー全然迷惑じゃねえって！　ジゼはめちゃくちゃかわいいしな！　最初に見たとき、一瞬でピンときたね！」

「酒場のリディアさんにもピンとこられたのでしょう？」

「うぐ……っ、あれはそんなんじゃ……」

「では、どんなことなのでしょう。それに、婚約といっても、正式な決定ではないのです。まだ私の両親の承諾もありませんし」

「なんだ、公認じゃねえのか」

そのときだった。玄関のノッカーが強く叩かれ、執事のラスタが扉を開くと、賑やかな客の来訪があった。

「これはアルフェレネ伯爵ご夫妻ではありませんか」

「突然ですまない、ラスタ。ジゼレッタが世話になっているね。さっき城でハルバード公に会ってな、ご子息が戻られたと聞いて、すっ飛んできたのだよ」

「お父さま！　それに、お母さままで」

そう、やってきたのはジゼレッタの両親だったのである。

アルフェレネ伯爵は、玄関広間の階段前で押し問答していたジゼレッタとギレンディークをみつけると、大袈裟に目を見開いて見せた。

「ジゼレッタ！　彼が、そうなのか？」

ギレンディークをまっすぐみつめながら、ジゼレッタの両親が近づいてくる。

「あ、ジゼの両親？　へえ、どっちにもよく似てるな。てか、ジゼの母ちゃん、シリア母ちゃんにそっくりだな。姉妹なんだっけ？」

「母ちゃん……？　ええ、シリア伯母さまは、母の姉です」

そっくりと言うには、ジゼレッタの母ミレーナは、シリアと比べてだいぶ福々しい外見であるが……。

あらゆることに困惑しつつ答えると、ギレンディークの前に立ったアルフェレネ伯爵は、感心しきってうなずいた。

「なるほど……二十二年ぶりで子供の顔がわかるものか、いまひとつ半信半疑だったが、おそろしく公に似ておられる！」

「そうね、紛れもなく血筋だわ。若い頃のお義兄さまが、目の前に現れたかと思ったわ」

ひとしきりギレンディークの観察が終わったのか、伯爵は襟を正して深々と頭髪のさみしくなりかけた頭を下げた。

「はじめまして、公子さま。私どもはジゼレッタの両親でございます。此度のご帰還、まことにおめでとう存じます」

「え、ああ、ギレンディークでっス。どーも……」

貴族に頭を下げられたギレンディークが、目をぱちくりさせているのがすこしおかしくてジゼレッタは小さく笑ったが、次の瞬間には、笑顔を撤回して表情を凍りつかせた。

「先ほどお父上にお聞きしたのですが、ギレンディークさまが我が家の娘をもらってくださると……？」

婚約の話はあえて両親にはしていなかったが、とっくに公爵から筒抜けだったらしい。

それを聞いたギレンディークは、一瞬、ちらりとジゼレッタを見やったが、すぐ自信満々に力強く返答した。

「――ご安心ください、お嬢さんは必ずオレが幸せにします！」

「えっ、あの、ちょ……」

「なんというありがたき幸せ！　ジゼレッタ、よかったな」

ジゼレッタが口を挟むよりも早く、彼女の両親とギレンディークの間に婚約の承諾がなされていた。

「え、待っ……」

「これで八人きょうだい全員が片付いた！　しかも末娘が公爵家嫡男の妻とは、でかしたぞジゼレッタ！　ではギレンディークさま、娘のことはよろしく頼みます。なにぶん末っ子のせいか甘ったれですが、アルフェレネ家のきょうだいで一番の美形です」

「もちろん、大船に乗った気で任せてくれよ！」

「おお、頼もしくていらっしゃる。ラスタ、義姉上にご挨拶をしたい。案内してくれ」

嵐のようにやってきた両親が引き揚げていく。静けさの中に取り残されたジゼレッタは、茫然と立ち尽くしていた。

猫の子を譲られるより、かんたんに話がすんでしまった気がするのだが……。

「よかったな、ジゼ。これでオレたちは公認の婚約者ってわけだ」

気安く肩を叩かれて、思わず横目にギレンディークをにらんでしまった。

この人を夫として、本当に一生添い遂げることになるのだろうか。ちょっと想像がつかなくて、あらためて彼の様子を観察した。

とても背が高い。ハルバード公爵もすらっとした長身だが、頭半分くらいはギレンディークのほうが高かった気がする。

先日、馬車の中から伯母を助け出してくれたときに見た身のこなしは、本当にしなやかで、若々しい潑剌(はつらつ)さにあふれていた。

父親と同じ色の黒茶の髪は、寝ぐせというわけではないのだろうが、どう整えているのか無造作にあっちこっち好きな方を向いている。群青色(ぐんじょういろ)の瞳も父親譲りだ。

見た目の様子は決して悪くはない。

ジゼレッタと目が合うと、ギレンディークはにこっと笑う。その笑顔に一瞬、ドキッと心臓が反応した気がして、彼女は急いで頭(かぶり)を振った。

もちろん、まだ彼については何も知らないから、今すぐ無理だと判断することはないが、なにしろ彼の口調や物腰すべてに至って、粗雑、乱雑、乱暴、拙劣、大雑把……。

末っ子として多少わがままに育ったジゼレッタだが、貴族社会の枠組みの中で生きてきた彼女には、すべてにおいてのギレンディークの荒々しさがどうにも受け入れがたいのだ。

いくら平民育ちだからって、平民が全員こんなに荒っぽいはずがない。礼儀正しい人々が大勢いることもジゼレッタは知っている。

「で、は……貴族らしく――とまでは言いません。せめて礼儀正しい振る舞いをしていただけないでしょうか。ギレンディークさまの話し方は乱暴で……いろいろ荒っぽくていらっしゃるので、すこし怖いのです」

実際のところ、彼は人懐っこいし顔立ちも整って柔和なので、怖いとまでは思わないのだが、ジゼレッタの知識にない物言いや態度で、いちいち驚愕してしまうのは事実だ。

「礼儀正しい振る舞い……ったってなあ……ってか、オレ全然怖くないぜ？」

「それ、その口調です。ご自分のことも『オレ』ではなく、僕とか私とか、いろいろふさわしい言葉遣いがあります」

部屋に案内すべく歩き出しながら、(そういえばリリカネル伯爵は、自分のことを『私』と呼んでいたっけ) と思い返してげんなりした。

貴族の振る舞いを熟知した女たらしと、粗雑で乱暴な従兄。

いくら貴族の婚姻が自由にならないものだとしても、伯爵家の娘として選ぶには、あまりに究極の選択すぎやしないだろうか――。

一歩遅れてギレンディークがついてくるが、こうなると、歩き方ものすごく雑に思えてくる。外見は悪くないから、余計に目についた。

「まあまあジゼちゃん、オレもついさっきまで平民やってたわけで、いきなり貴族になれったって、そりゃ無理な話なわけだ。わかるだろ？」

「それは、そうですけれど……わかりました。では、伯父さまにお願いして、マナー講師を呼んでもらいましょう。勉強すれば、すこしずつでも身に付けられると思います」

彼が長い脚で階段を三段飛ばしで上っていくのを見て、それが最善だと考えた。

「マナー講師!?　なんだその蕁麻疹が出そうなモノは！　ジゼが教えてくれればいいだろ」

「私がですか……？」

「うん、ジゼがオレに貴族らしい振る舞いってやつを教えてくれよ。婚約者同士、シンボクも深められるだろ？　いい考えじゃねえか、妙案ってやつだ！」

階段を上り切ったところで、ギレンディークが跳躍して空中で一回転したので、ジゼレッタはあんぐりと口を開けた。

身体能力が高いと感心すればいいのか、いきなり宙返りする非常識を詰るべきなのか、どっちなのだろう。

結局、「見なかったふり」という第三の消極的な選択をして、四階建ての邸の最上階にギレンディークを案内した。

「ここがギレンディークさまのお部屋です」

「だから、ギ・レ・ン！　だってば」

強く乞われたが、愛称で呼んだら距離が縮まってしまう気がして、どうにも踏み出すふんぎりがつかない。彼はまるで別の世界からきた人のようで、深く関わることを本能的に避けてしまう。

だが、扉を開けて部屋を見せたら、ギレンディークは名前の呼び方についての問答を切り上げた。固唾(かたず)を呑んで室内に足を踏み入れる。

全体的に落ち着いた色合いの広い部屋だ。正面はぜいたくな大開口の窓になっており、とても明るい。窓を出ればバルコニーに通じ、眼前には美しく整備された庭と、ミードの街が広がる。

大きなベッド、洒落た暖炉、ゆったりしたソファに座り心地のよさそうな寝椅子まである。部屋の端から端までは五十歩くらい距離があるだろう。

「おお……ここ、ほんとにオレが使っていいの？」

「ギレンディークさまのお部屋ですから」

「すっげえ！」

靴をその場に落とすと、ギレンディークはベッドに向かって突進し、長靴(ブーツ)を履いたまま飛び乗った。

「え、靴……」

「おおおお、めちゃくちゃバネが利いてる！　すげえすげえ！　天井も高いな！」

ベッドの上で跳ね回るギレンディークを見て、ジゼレッタは瞠目した。子供だってこんなに大はしゃぎしてベッドの上で跳んだりしない。

「ギレンディークさま！　土足でそんな……」

「うおおおめちゃくちゃ広ーッ！　これならどんだけ寝返り打っても、絶対に落ちやしねえな！　オレんちのベッドさ、バカみたいに狭くてよ、起きたらいつも床にいるんだよな」

今度は横になってゴロゴロと左右に転がり、ゲラゲラ笑っている。

「そ、それは寝相が悪いだけでは……」

「何人用のベッドだこれ！　ジゼもここで一緒に寝るのか⁉」

「寝ません！」

軽やかにベッドから飛び降りると、今度は向こうの壁に向かって全速力で走り出した。

「部屋の中で追いかけっこできるぞ！」

走りながら何度も宙返りをするギレンディークに、ジゼレッタはもはや言葉も失い、信じられないものを見る目つきになった。

（の、野ザル……）

まったく調教されていない、解き放たれた野生のサルそのものである。

この野ザル相手に貴族らしい振る舞いを教えるだなんて、あまりに無茶がすぎるのではないだろうか。

めまいがした。

＊

夕刻、ハルバード公爵が城から戻ってくると、大はしゃぎからようやく落ち着いたギレンディークも、与えられた服に着替えておとなしく居間にやってきた。

白い絹のブラウスは、彼のたくましく鍛えられた身体によく似合っているのだが、ぴたりとしたズボンから裾をだらしなく出し、タイをつけるどころか襟元も釦(ボタン)をきっちり嵌めず、鎖骨が覗いている。足許は相変わらず厳つい長靴のままだ。

その姿を見た瞬間、ジゼレッタは顔色を失ったが、公爵夫妻は一切気にした様子もなくにこにこと息子を迎えた。

「来てくれてうれしいよ、ギレンディーク。今日、国王陛下にも甥っ子の帰還を報告してきたところだ。部屋は見たかな？　好きに使ってくれて構わないからね」

「あんな広い部屋をもらって、なんか恐縮っスね」

さっきまで、恐縮の『き』の字も感じさせずに大暴れしていたはずだが、ギレンディークはしゃあしゃあとのたまった。

「なに、いずれこの邸全部がギレンディークのものになる。それから……」

「あ、オトーサマ。ギレンでいいよ。オカアサマも」

初めて父と呼ばれたルスラムは、破顔一笑して頭をかいた。

「はは、なんだか照れるね。わかった、ギレンと呼ぼう。ギレンも堅苦しくせず、好きに呼んでくれ」

「おう。じゃあ……父と母だな」

「ギレンディークさま、それではちょっと呼び方としてはあまり……」

思わずジゼレッタが突っ込んだが、夫妻は穏やかに微笑んだままだ。

「いいのよ、ジゼレッタ。私たちはギレンが帰ってきてくれたことが何よりうれしいの」

「そうだね。それに、彼にとって貴族社会はきっと窮屈だろうから、家の中でくらいは堅苦しさから解放してやりたい」

「へえ、オレの両親はよくできた人たちだな」

「嫌気がさして出て行かれてしまったら、そのほうが悲しいしね。そう、それで、ギレンが正式にハルバード公爵家の嫡男であると書面上の手続きをしてきたんだ。一度は城に上がって国王陛下に拝謁しなければならないが、それはまた後日、落ち着いてからだね。そこで、ギレンには新しい名前が必要になったので、決めてきた」

「新しい名前？」

「ああ。ハルバード公爵家の跡取り息子だからね。君の名は、『ギレンディーク・アルロス・フィン・ハルバード』だ。むろん、普段はドロクラーと名乗ってくれて構わない。ただ、こちらの社会はしきたりや形式といったものが大事なんだ。便宜上のものだと割り切って、必要があるときだけはこちらを使ってほしい」

やはり、『アルロス』の名を捨て去ることはできなかったのだろう。ギレンディークが二十二年間をその名前で過ごしたのと同じく、夫妻は二十二年間『アルロス』を心に刻んで生きてきたのだから。

「なんか急に名前が長くなったな、覚えられっかな」

ギレンディークは与えられた名前に反駁するだろうかと、ちらっと横目に彼を見たが、特に異論があるわけでもなさそうだ。

「徐々に、だよ。すこしずつ慣れていってほしい」

「了解。あ、それから貴族らしい振る舞いってやつ？　ジゼが教えてくれるらしーから」

さっき、野ザルを調教することに果てしない絶望を覚えたばかりだ。撤回したいところだったが、先回りで退路を断たれてしまった。

「まあ、それはすてき！　さっそく仲良くなってくれたみたいでうれしいわ。ジゼレッタ、よろしく頼むわね」

「そうだ、ちゃんとジゼレッタのご両親にも話して、婚約の件は快諾していただいたよ」

「……ハイ」

自ら蒔いた種とはいえ、すでに身動きが取れないほどに外堀を固められている。

であれば、せめて野ザルの妻と嘲られないよう、自分のためにギレンディークを徹底的に教育すべし。ジゼレッタはそう前向きに考えることにした。

よく見れば、素材は悪くないのだ。幼い頃から見慣れた伯父の面影があるから、生理的に受け付けないということもない。きちんとした貴公子に躾けられれば。

（まあ、悪くはないかな……？）

翌日、ジゼレッタは朝早くハルバード邸から馬車を出してもらい、ひとりで王立図書館へと向かった。ちなみに、ギレンディークは昨晩遅くまで父親と酒を酌み交わしていたので、まだ自室の広々としたベッドで高いびきである。

さすがにベッドから落下していることはないだろう。

その生活態度には思うところがあるが、ルスラムも息子と存分に語り合うことができてうれしかっただろうから、口うるさく言うのはやめておこうと思った。

図書館で借り出すのは、もちろんマナーと礼儀作法の本だ。やはり人に教えるからには、きちんとした知識を自分でも身に付けておかなくては。

彼女自身、決して人に誇れる振る舞いを身に付けているわけではない。なにしろ、ドレスで城内を走ってしまう程度にまだまだ幼いのだ。

（でも、ギレンディークさまに教えるのは、ちょっと楽しいかも……）

本を選びながら、なぜだろうと首を傾げる。

だが考えてもみれば、ジゼレッタは八人きょうだいの末っ子で、これまでの十八年間、きょうだい同士のしのぎの削り合いで、常に下風に立たされてきたのである。

父はジゼレッタを「末っ子で甘ったれ」と言っていたが、子供社会の中では、末っ子ゆえに兄姉から押さえつけられてきた感が否めない。えらそうに命令されることに辟易していたから、自分が誰かに何かを教える立場、というものに憧れがあった。

そう、ジゼレッタはお姉さんぶりたかったのである。

ギレンディークは年上とはいえ、貴族社会の赤ん坊同然だ。であれば、そんな彼を躾けるのは自分の責務――その考えは意外と悪くなかった。

さっそく、五冊ほどの本を借りてハルバード家に戻ったが、ギレンディークはまだ寝ているという。もうすぐお昼だというのに、呑気なものだ。

「伯母さま、ギレンディークさまを起こさなくていいのですか？」

車椅子を押して、陽当たりのいい中庭を散歩しながら尋ねる。

「いいわよ、寝かせてあげてちょうだい。朝までルスラムと飲んでいたようだから」

「伯父さまは？」

「ガルガロット衛兵隊へ除隊申請に。異動先が決まるのはこれからだけれど、もうすこし落ち着いて、ゆっくり彼の特性を見極めてからでも遅くないでしょうって」

「伯父さまももう若くないのだから、そんな無理をなさることないのに。寝不足で倒れてしまうわ」

「ギレンとお酒を飲めて、よほどうれしかったのでしょう。今朝もウキウキと出かけて行ったから、きっと大丈夫。本人も楽しくてしょうがないのよ。では、そうしたらジゼレッタ、お昼になったらギレンを起こしてきてくれるかしら。今日はお天気もいいし、お庭に出て三人でお昼をいただきましょう」

「私が起こすのですか⁉　イヤですよ、男性のお部屋に入るなんてはしたない。ラスタさんに頼んでください」

「婚約者ですもの、問題ないわ。男の人を手懐けるのも女の手腕よ、ジゼレッタ。今のギレンは幼い子供と同じだけど、今さら親の出る幕でもないでしょうし、あなたの理想に育ててあげてね」

もちろんそのつもりだが、そんなにうまくいくものだろうか。

根っからの貴族である伯父を手懐けるのに、伯母はそれほど苦労しなかったかもしれないが、ギレンディークは野生のサル同然である。

開始時点での条件がだいぶ異なるので、ジゼレッタの理想とする、公爵夫妻のような夫婦になれるか、あまり自信がなかった。

そもそも、彼と結婚する自分が具体的に想像できない。それどころか、鞭を持ってサルを追いかけまわす調教師が頭に浮かんだ。

「はあ……」

結局、シリアに押し切られてギレンディークの部屋の前までやってきた。試しにノックしてみるが、応えはない。

「ギレンディークさま、まだ寝ていらっしゃるの?」

もう一度ノックするが、やはり返答はなかった。ためらいにためらって、仕方なく扉を開けると、カーテンが引かれて薄暗い室内は酒臭い。

(うわ、臭っ……!)

こんなに広い室内なのに、お酒の臭いが充満している。どれだけ飲んだのだろう。

ジゼレッタは大きく扉を開け放し、一直線に窓へ向かうとカーテンを開け、窓という窓を換気のために開いて回った。

「ギレンディークさま、もうお昼ですよ」

ベッドに近づいてみると、せっかく広いベッドだというのに、彼は端っこで毛布にくるまって小さくなっている。

長身の彼に見合わないその姿に、くすっと笑みがこぼれた。それに、寝顔はあどけなくて、存外かわいい。

「ギレンディークさま」

まだ彼に直接触れるのは抵抗感があるので、近くですこし声を大きくした。

「う、ん……」

「もうお昼です。起きましょう」

「うぅ……」

「飲みすぎですか？　お水をお持ちしましょうか」

はっきり覚醒はしていないらしく、寝返りを打ったが目は開かない。

「困ったわね……」

毛布越しなら、肩を揺さぶってみても大丈夫だろうか。

ジゼレッタは恐る恐る手を伸ばし、遠慮がちにギレンディークの肩を叩く。すると、彼は半眼を開いてむくっと上体を起こした。

「あ」

起きたのでほっとしたのも束の間、はらりと落ちた毛布の下から裸の胸が現れたので、ジゼレッタはこれ以上ないくらいに大きく目を見開いた。

とても鍛えこまれた、すっきりと筋肉質な身体だが――。

「な、なんでハダカ……」

思わず後退りしたジゼレッタを追いかけ、寝ぼけ眼のままのギレンディークが毛布を剥がしてベッドから降り立った。

「ひ……!!」

腰を抜かして、ジゼレッタはその場にぺたんとへたり込む。

一糸まとわぬ全裸の男が、どんどん近づいてくるのだ。しかも半分、白目を剝いたまま。

そして、無意識のうちに彼の身体の真ん中――不自然にそそり立つものに視線が吸い寄せられてしまい、青ざめた。

あんな形状のものを見たことがない。

そもそも、隠蔽すべきものなのに、やたらと自己主張が激しいのは何ゆえか。

悲鳴をあげたいが、喉をふさがれたように声は出なかった。心臓が最大出力で鼓動を速め、サァっと血の気が引いていく。

「……」

声を出そうにも空気だけが喉から漏れ、やはり音にはならないので、誰かに助けを求めることもできなかった。空しく口をぱくぱくさせるのが精いっぱいだ。

だが、急に立ち止まったギレンディークは、何を思ったのかふたたびベッドに引き返すと、こてんと仰向けになっていびきをかきはじめた。

どうやら寝ぼけているらしい。

だからといって、今の恐怖が過ぎ去ったわけではない。ジゼレッタは身体を震わせ、弾かれたように立ち上がると、ギレンディークの部屋から走って逃げた。

居間の伯母の許に逃げ戻ると、彼女は青ざめるを通り越してミルクみたいに真っ白になった顔で、無言のまま唇を引き結ぶ。

「ギレンディークは起きた？」

ふるふると首を横に振って否定を表現する。さっきの光景を頭から追い出そうと、もっと激しくブンブン振った。

「手強いのね？　それなら仕方ないわね、先にお昼をいただきましょうか」

しかし、さっきの衝撃的な場面が脳裏から離れない。成人男性の秘匿すべき部分を、下から見上げるという事件に、時間が経つとともに震えがきた。

＊

伯母と一緒に中庭で昼食をとっていると、寝ぐせ頭でチュニックをだらしなく着崩したギレンディークが、生欠伸をしながらやってきた。相変わらず、裾は出しっぱなしだ。

「おはよう、ギレンディーク。よく眠れた？」

ギレンディークの身だしなみについては何も言わず、シリアはにこにこと息子を迎える。

「あーなんか寝心地よすぎて、起きれなかった。水、もらっていいスか」

丸テーブルにサンドイッチやフルーツが並んでいるのを見下ろし、何度も大きな欠伸をしながら彼はジゼレッタの隣の椅子に乱暴に腰を下ろした。

反射的に肩を強張らせて、じりじりとギレンディークから距離をとるジゼレッタだが、彼はそんなことには気づかず、グラスの水を呷って大きく深呼吸する。

「朝飯？」

「もうお昼よ。さっきジゼレッタに起こしにいってもらったけれど、ギレンが起きなかったので先にいただいているわ」

「あ、起こしにきてくれたんだ。どうりで窓が開いてたわけだ。わりぃな、ジゼ」

「いえ……」

断固としてギレンディークに顔を見せないよう、ジゼレッタはそっぽを向いた。

本当は、全裸で寝ていたのを説教してやりたいのだが、そんなことをしたら、彼の裸を見たとバレてしまう。

全力で忘れるべく、ジゼレッタは頭の上で手を振って記憶を追い払った。

「虫でもいた？」

彼女の仕草が、虫を追い払っているように見えたらしく、ギレンディークがそっとジゼレッタの頭に触れる。

その瞬間だった。

「さわらないで！」

ジゼレッタは思わず立ち上がり、彼の手を振り払っていた。

突然の剣幕に呆気に取られたギレンディークは、ぽかんとジゼレッタを見上げていたが、

「あ、わりぃ……」と急いで手を引っ込める。

無意識の反応だったのだが、さすがに今のはやりすぎだったかと後悔する。でも、気恥ずかしくて仕方がないのだ。あんな姿を見た直後で……。

そのままジゼレッタはそっぽを向くと、すとんと座りなおした。

「ふふ、ジゼレッタは多感な年頃だから、緊張しているのよ。ところで、寝衣の寸法は大丈夫だった？　ギレンは背が高いから、既製品だと合わないかもしれないわね。一度、仕立て屋を呼びましょう」

「あー、大丈夫っス。オレ、寝るときは何も着ねえから」

「まあ、そうなの。でも、できたらこれからは何か着てあげてね、ジゼレッタが起こしにいけないわ」

「伯母さま……！」

シリアに指摘され、「ああ！」とギレンディークは手を打った。

「もしかして見ちゃった？　いやあ悪い悪い！　朝っぱらからヤローのモノなんか見たくねえよな！」

豪快に笑い飛ばされて、ジゼレッタはいたたまれずにその場から遁走した。

恥ずかしくてたまらない。見てしまったことを知られたのが、とてつもなくショックだ。

（穴があったら今すぐ飛び込みたい！）

そう思いながら芝生の庭を走っていたら、石に蹴躓いた。しかし残念ながら、そこに穴はなく、飛び込んだ先は地面だった。

「うおおい、大丈夫か！」

追いかけてきたギレンディークが軽やかに跳躍して彼女の前に座り込むと、腕をつかんで上体を起き上がらせた。

「大丈夫かよ、ああ、土が」

ジゼレッタの手のひらについた土を手で払い、汚れたスカートもはたいてくれた。

「怪我は？　膝すりむいてねえか？　スカートめくるぞ？」

勝手に頭に触れて怒られたからか、一応そう断りを入れて、ギレンディークはドレスの裾を遠慮がちに捲りあげた。

男に裾を捲られてぎくりとしたが、白い膝が赤くなっているのが見えた。

なんてみっともないのだろう、これでは恥の上塗りだ。羞恥のせいか痛みのせいか、じわりと涙が滲んだ。

「血ィ出てんな。手当てしねえと」

ギレンディークはうつむいて目を潤ませているジゼレッタの顔を覗き込み、頭に手をやって神妙な顔をした。

「あの、悪かった。なんか、いろいろ悪かった！　ジゼみたいにウブな子、知り合いにいねえから、どう接していいのかよくわかんなくて……」

「大丈夫です……私が勝手に転んだだけですし、あなたの普段の私生活に勝手に入り込んだ私が悪いんです……」

「そんな他人行儀なこと言うなよ。まあ？　ジゼにしてみりゃまだ他人みたいなもんだろうけど。実際ジゼがいなかったらオレ、ここにいなかったと思うからさ、ちょっとだけでも、その他人の壁を低くしてくれるとうれしいなーと」

ぐすっと鼻をすすってから、ジゼレッタは恐々と顔を上げた。

「どうして、私？」

「ジゼがかわいかったから。言ったじゃん、こんなかわいい子見たことねえって。お近づきになりたいって思うのは、ヤローの心理……」

「下心ですか？」

「言いにくいことをサラっと言うね。まあそういうことだけど！　正直言うとさ、ジゼに『騎士さま』って言われて頼ってもらったとき、すげえいいなーって思ったんだよな。なんか、この辺がくすぐったくて」

　ギレンディークは自分の胸を叩いて笑う。

「ガルガロット衛兵隊なんて言ったって、衛兵崩れのゴロツキばっかだし、以前にも貴族のお姫サマにめちゃくちゃ罵られてさ。オレたちゃ嫌われ者集団だからよ。でも、あんなふうに純粋に助けを求められたら、助けてやりたいなーって思ったわけ」

「……では、私がいなかったら、ハルバード家に戻ってはいらっしゃらなかったの？」

「あーどうだろな。両親って人に会えたのは、まあうれしかったよ。でも、今の生活全部捨ててまで戻ってこようとは思わなかったかもな。いい年した男が今さら親元に戻るってのも、なんか変な話だし。親子は親子でいいけど、一緒に住むとまでは言わなかったかも」

　確かに、成人して独立した男性が実家に出戻るというのも、おかしな話かもしれない。

　今の話をどう受け止めればいいのか、ジゼレッタにもよくわからなかったが、少なくともギレンディークは素直に自分の気持ちを話してくれたと思う。

　動機は不純な気もするが、いきなり激変した環境に馴染もうと、彼なりに必死なのかもしれない。拒絶することだってできたのに、受け入れてくれたのだから。

「ま、そういうわけだから、オレもなるべく無神経なことしたり言ったりしないように気をつけるから、明日も起こしに来てくれよ。下は穿いとくから」

そう言って、彼はジゼレッタの身体を抱き上げた。

「きゃ……！」

いきなり高い位置に身体が浮いたので、あわててギレンディークの肩につかまる。大きくて、たくましい肩だった。

「とりあえず手当てして、母んとこ戻ろうぜ。昼飯、まだ食ってる途中だろ？」

「わ、わかりました。でもギレンディークさま」

「ギレン」

「……ギレンさま、あなたの下心は承知いたしましたが、その言葉遣いは直していただきます。『昼飯食ってる』ではなく、『昼食をいただいている』です」

「わかった。とりあえず昼飯な」

「わかっていらっしゃいません！　『昼食』という言葉を口にするのは、そんなにギレンさまの沽券にかかわることですか？」

「ジゼだって、いくら言っても『さま』を取ってくんねえだろ？」

二の句が継げずに黙ると、ギレンディークは機嫌のいい顔で笑った。

「ははっ、急がない急がない。変化はゆっくり楽しもうぜ。オレたちゃ婚約者同士なんだ

からな！」

軽々とギレンディークに身体を運ばれて、ジゼレッタはこっそり肩の力を抜く。

なぜだかすこし、彼に対しての警戒心が薄くなったような、そんな気がした。

＊

その日の午後からさっそく、ジゼレッタによるギレンディーク改造計画がはじまった。

昼食と同じ、中庭の席である。

実際に結婚するのかどうかはよくわからないまでも、近いうちに「ハルバード公爵家の嫡男」「公爵嫡男の婚約者」としてお披露目される日はくるのだ。

ギレンディークと足指分くらいの距離は縮まった気がするが、やはり素のままの彼を自らの婚約者だと喧伝するのはためらう。いや、願い下げだ。

「まず、脚を組んで座らないでください。背もたれにもたれかからない！　せっかく上背があるのに、そんな猫背ではもったいないですし、みっともないです」

「せっかく背もたれがあるのに、活用しない手はねえだろ」

「『ねえだろ』ではありません。『ないです』ですよ、ギレンさま」

「んなこと言ったって、いきなり厳しくねえ？」

「『そのようなことを言われましても、突然厳しくはないでしょうか？』」

「ジゼ、それもう誰がしゃべってるのか、わかんなくなるよ……言葉遣いの特徴は大事なんだぞ……？」

お手上げとばかりに、ギレンディークは背もたれに思いっきりもたれかかり、背中を反らして大袈裟に空を仰いだ。

「いったい誰に向かって言っていらっしゃるのですか？　ギレンさまは突っ込みどころが多すぎるのです。もうすこし、他人に対して謙虚でていねいな対応を心がけてはいかがでしょうか。こう言ってはなんですが、横柄で、とってもえらそう……」

「ケンキョでていねい、ねえ。でもジゼは他人じゃねーし。これでもいちおう、父と母にはていねいにしてるつもりだけど」

「言葉遣いを間違っておられるようですね。言葉尻に『っス』をつけるのが、ていねいだと思っていらっしゃるのでしょうか。つけるのなら『です』と正しく……」

「ジゼ、厳しい！」

嘆いたギレンディークは、シュガーポットから手づかみで角砂糖をつまみ上げ、カップの紅茶に放り込むと、ガチャガチャとスプーンの音を立てながら混ぜた。

「それもダメです！　お砂糖はきちんとトングでつかんでください。大勢で共有するものなのに、手づかみだなんて下品すぎます。それにかき回すときも、音を立てないようにやさしくしてください」

「あー、かき回すときは、めちゃくちゃ音を立てて激しくするのがいいんだよ。やさしくはするけどな」

ギレンディークがにやにや笑いながら言うので、ジゼレッタは唇を尖らせる。

「何を言っていらっしゃるの、そんなマナー違反がありますか！　ギレンさま、すこしは私の言っていることを理解しようとしてくださいませんか？　これではとても、あなたを婚約者だなんて紹介できません。恥ずかしいです」

だが、ギレンディークはおかしそうに笑って、指先でジゼレッタの鼻先をツンとつっついた。

「かわいいな、ジゼは」

「もうっ、真面目にやってください！」

ジゼレッタが怒ったので、さすがにからかいすぎたかと、ギレンは背筋を伸ばして姿勢よく甘い紅茶を飲んだ。

その姿はとても好感が持てる気がしたのだが、受け皿にカップを戻すときはやっぱり乱暴だった。

「別にふざけてるつもりじゃねえんだけどな。あれだよ、飴と鞭。ジゼは基本、鞭使いだろ。でもオレは、飴をもらった方が伸びるんだぜ。鞭でぶっ叩かれる趣味はなくてね」

「飴？」

「そう、ご褒美って、ご褒美が欲しい！」

「ご褒美って、今はじめたばかりで、何一つできていないのに……？　試みに聞きますけれど、何をあげたら真面目にやってくださるの？」

真剣に問いかけたのだが、ギレンディークは相変わらずにやにや笑ったままだ。

「ジゼのキスが欲しいな。ここでいいよ、ほっぺにチュでいいから」

自分の頬をジゼレッタに向けながら、指でそれを指し示す。

「ふざけるのも大概にしてください」

「おっと、ふざけてないぜ。ジゼがチュってしてくれたら、それだけでオレのヤル気がぐんと伸びるんだぜ。減るもんじゃないし、婚約者なんだから、そのくらいのふれあいは求めても」

思いっきり彼に軽蔑の目をくれてやって、ジゼレッタは身を引いた。

「さっき、無神経なことはしない、言わないとおっしゃったばかりではありませんか」

「無神経なもんか！　かわいい女の子にキスされて、ヤル気にならない男はいないぞ。本気だぞ」

「では、酒場のリディアさんをここにお呼びしましょう。かわいい女の子にキスしてもらえればいいのでしょう？」

「あのなあ、かわいい子ってのは、この場合ジゼのことだからな？　わかった、オレの言い方がよくなかった。好きな女の子にキスされて、ヤル気にならない男はいない！」

「………」

ギレンディークの言葉はあまりに軽々しくて、『好き』と言われても何も響かなかった。

そもそも出会って数日、お互いに相手のことはまだほとんど知らない。外見に好感を覚えたとしても、それが即『好き』につながるものなのだろうか。

「おっと、空振りか」

神妙な顔をして考え込んだジゼレッタを見て、ギレンディークは好き勝手に跳ねた黒茶色の髪を指にぐるぐる絡ませると、パチンと指を鳴らした。

指を鳴らすという動作を、これまでの人生で見たことがなかったので、それがどういう意味を持つものなのか測りかね、ジゼレッタは濃紺色の瞳をぱちぱちさせる。

「じゃあ、オレがジゼにご褒美をあげよう」

「なぜですか？」

「『さま』は取れないけど、『ギレン』までは縮めてくれたからな」

言うなり彼がテーブルの上に身を乗り出すと、ジゼレッタに顔を近づけ、唇を触れさせたのだ。限りなく唇に近い、右の頬に。

「………」

ギレンディークは目的を達すると、彼女が怒り出す前にさっさと離れ、ジゼレッタの頬の感触を吟味するように自分の唇を舐めた。

「ジゼって、いい匂いがするよな。ほっぺたもやわらかくて、すべすべしてて」

にまにまとご満悦なギレンディークだが、ジゼレッタは目を点にしている。

いきなり頬にキスをされた。

その事実を理解するまで、たっぷり十は数えただろう。ジゼレッタは頬に残る彼の唇の感触の上に指を置き、口をへの字に曲げた。

「――これが、ご褒美ですか？」

「オレからの親愛の印なんだけど」

「申し訳ありません、こういうことをされると困惑しかありません」

「うぉ、塩対応――！」

口ではそっけなく突き放してみたものの、どんどん頬が赤らんでくる気がして、ギレンディークの顔をまともに見られなくなってしまった。

「わかった。いきなりキスは難易度が高いみてえだから、うまくできたら頭撫でてくれりゃいいよ」

「子供ですか」

「なんとしてでもジゼに触れてもらいたい男心だ。あ、あれ教えてくれよ。貴族のヤローって、挨拶で女の子の手にキスすんじゃん！」

「あれは日常の挨拶ではなく、相手に対する忠誠や尊敬を表すものです。それに、よほど親しい相手でなければ、男性から積極的にするものではありません。女性側が手を差し伸べたときだけ、男性はキスすることを許されるのです」

詳しく言えば、その中には『相手の女性への愛情』という意味もあるのだが、それはあえて言わないでおいた。

そういえば、リリカネル伯爵も強引にジゼレッタの手を取ってキスをしたのだから、マナー違反である。

思い出してついむくれると、いきなりギレンディークがテーブル越しに彼女の手を取り、甲に唇を触れさせた。おかげで、リリカネル伯爵の不快な記憶がいっぺんに吹き飛んだが、彼のあたたかな吐息を直に感じてさらに赤面した。

「ですから、男性から積極的にするものでは……！」

「オレたちは婚約者同士だろ？　それはつまり『よほど親しい相手』ってことになるわけだ。ああ、みなまで言わなくてもわかってるぞ。ジゼはオレと親しいつもりはないって言いたいんだろうけど、オレは親しくなりたい。ってことは、この場合はオレが積極的に打って出ないと、何年たってもジゼと親しくなれそうにねーだろ」

「………………」

いつまでも手を放してもらえず、ジゼレッタはもどかしくギレンディークの手を見下ろした。彼は握ったジゼレッタの指に自分の指を絡め、べたべたと撫でる。

「ジゼは指も細いなー！　折れちまいそうだ。それに、爪、きらっきらしてるな」

そんなふうに言われて、ジゼレッタは強引に自分の手を取り返した。

「親しき仲にも礼儀ありです！　お願いですから、真面目にやってください！」

「うん、やる。やるから、な？」

「頭を撫でるのでよかったのではないですか？」

「やっぱそんな子供だましはダメだ」

しつこく頬へのキスを要求され、ジゼレッタは彼の頬に思いっきり指先を押し込んだ。

＊

それからも毎日、ジゼレッタによるマナー講習は実施された。

だが、基本的にギレンディークにやる気はないらしく、終始、彼がジゼレッタをからかって楽しむだけの時間となっている。

今日は朝から雨が降っているので、中庭ではなく一階の屋根付きテラスで、正しいお茶のいただき方を学んでいるところだ。

「何度言ったらわかってくださるんですか？　そんなに私をからかうのが楽しいの？」

捗々(はかばか)しく進まない野ザルの教育にめげそうになると、それを慰めるようにギレンディークが彼女の髪を撫でる。

「からかってなんか！　でもそろそろあきらめてさ、キス一回！」

「あきらめるもなにも、あなたが真面目にやってくだされればすむ話でしょう⁉」

今日も彼は白いシャツの襟元を全開にして、鎖骨を覗かせている。こんなだらしのない服装をした男性を、これまでに一度も見たことがない。

急いで釦を留めると、彼は苦しそうに襟ぐりを引っ張った。

「ジゼが一回ほっぺにキスしてくれればすむ話だろ？」

「紅茶にお砂糖を入れるのに、なぜわざわざ飛沫(しぶき)を上げる必要があるのです？　ギレンさまは今後、お砂糖なしで紅茶を飲んでください」

「イヤだ！　オレは甘いものが好きだ。ジゼも好きだ」

「…………」

それでも一応、トングを使うことは覚えたようだ。道具を使えるのは大変な進化である。

しかし、互いに一歩も譲らないので平行線が続く。

「こんなの、野生のサルのほうがまだマシだわ……！」

思わず嘆くと、彼は気を悪くするどころか、にやにや笑った。

「知ってるかジゼ、サル回しにはやっぱりご褒美が必要なんだぜ」

こんなやりとりがすでに日常になりつつあって、ジゼレッタの疲労は蓄積するばかりである。

しかし、ハルバード公爵夫妻はこの様子を見て「とても仲良くなった」と満面の笑みなので、この楽観的なところから、彼らが親子だということを日々実感する。

なお、邸の使用人たちまでもが彼らのやりとりを微笑ましく見ていることを、ジゼレッタは知らない。

そんなふたりの許へ、ルスラムが今日の予定を告げにきた。

「ギレン、ジゼレッタ。これからシリアとふたりで国王陛下と夕食を共にすることになっている。遅くなるかもしれないから、先に休んでいなさい」

「はーい」

こういうときだけ素直な返事をするギレンディークを、彼女は横目でにらんだ。

だが、いくら執事や侍女たちが邸にいるといっても、彼とふたりで邸に残されることに一抹の不安を感じる。

「留守はオレがしっかり預かってるから、心配しないで行ってきなよ」

彼女的には心配しかないわけだが、なぜか息子に絶対の信用をおいている公爵は、うんうんと大きくうなずいた。

「その点は信頼しているよ。ギレンの衛兵隊での武勇伝はたくさん聞いた。大変、剣の腕が立つそうだね」

「まあ、唯一の取り柄みたいなもんだしなあ」

「陛下の御前で剣闘試合などもあるから、いずれ機会があったら見せてもらいたいものだ。今日は一緒には行けないが、近いうちにギレンも拝謁することになるだろう。ジゼレッタの講義の成果を楽しみにしている」

成果など何一つ上がっていない。「見ていればわかるでしょう？　伯父さま、目がおかしくなったのかしら」と彼女は、口の中でぶつぶつと文句を言った。

後悔先に立たずとは言うが、やはりマナー講師など引き受けるのではなかった……。

＊

夕方になると雨足が強まったが、公爵夫妻は予定通り王城に向かって出発した。

夜はギレンディークとふたりで食事をしたのだが、彼の雑な食事風景を思い出し、雨が強く叩きつける居間の窓を眺めながら、ジゼレッタはげんなりした。

ワインを下町の安いエールのようにがぶがぶ飲んだり、配膳の最中でも手づかみでつまみ食いをしたり、挙句の果てには指についたソースをぺろっと舐める。なんなら、その指を服の裾で拭く。

そして「うめえ！」の感想。

いくら長年行方不明になっていた息子だからといって、夫妻がギレンディークの粗雑な振る舞いに何一つ物申さず、むしろ笑顔でそれを受け入れているのが理解不能である。

「ずいぶん降ってきたな」

居間のソファで本を眺めながらジゼレッタが物思いに耽っていると、湯浴みを終えたギレンディークがやってきて、彼女の隣にドスンと腰を下ろした。

「ですから、ギレンさま。腰を下ろすときはゆっくりお願いします。隣に座っている人に振動が伝わってしまいます」

指摘しつつも、ギレンディークの手が届かないよう、十分に距離を取る。

「腰を下ろしたときは、いっぱい振動があったほうが気持ちいいぞ」

「ベッドやソファで跳んだりはねたり、ギレンさまは本当に子供のようですね！」

「そうか？　オレは大人の会話のつもりだけど」

「どこがですか？」

ときどき、話が嚙み合っていないと感じるのだが、どうせからかわれているのだろう。

ジゼレッタが頬をふくらませたとき、豪雨が窓を叩いたかと思ったら、次の瞬間に室内が光り、腹の底に響くような雷鳴が轟いた。

「わ……っ」

激しい雷の音に、思わず持っていた本を胸に抱きしめた。

「すげえ雷だな！　あ、また光ったぞ」

楽しそうにギレンディークは立ち上がると、窓辺に寄った。その途端、稲光が辺りを昼間のように照らし、ドンと爆音が上がる。

あまりの大きな雷鳴に、ジゼレッタは飛び上がって目を白黒させた。こんなに大きな雷鳴は聞いたことがない。

「庭が水浸しだ。この天気じゃ、ふたりとも帰ってこれねえだろうな……」

「帰って、きませんか？」

「雨もだけど、稲光と雷鳴が間髪容れずに続くだろ？　雷が近いんだ。どこかに落ちるかもしれねえから、馬車なんか走らせたら危険だ。そうでなくとも脚の悪い母がいるのに、父も危ない橋は渡んねえだろ。ほら、見てみなよ。風も出てきた」

そう言ってギレンディークはジゼレッタを振り返ったが、彼女は本を抱きしめたまま硬直して、顔も強張らせていた。

「え、ジゼ、雷怖いの？」

「別に、怖くは……」

これまでに雷を怖いと思ったことはないのだが、辺りの音がすべて消し飛ぶほどの轟音だ。三度目の雷鳴にジゼレッタはとうとう悲鳴をあげ、耳をふさいで顔を伏せる。

するとギレンディークが隣に座ったらしく、彼女の身体が一瞬浮いた。また、ジゼレッタの注意を無視して勢いよく座ったのだろう。

「大丈夫、大丈夫。オレがついてるから」

「……雷相手に、ギレンさまが何か対処できるのですか？」

懐疑的な目で見た瞬間、雷光が窓の外の夜空を切り裂き、地響きが一帯の空気を震わせる。反射的にうずくまると、彼がジゼレッタを抱き寄せ、頭をぽんぽんとさわった。

「ジゼがオレにしがみつける」

「しがみついたり……」

しませんと叫ぼうとしたが、爆音を聞いて即座に前言撤回した。ジゼレッタはギレンディークの胸に思いっきりしがみつき、ぎゅっと目を閉じていたのである。

「この音は、ちょっと洒落になんねえな。オレもビビるわ」

からかうでもなく苦笑いして彼は言い、ジゼレッタの頭をやさしく撫でた。

湯浴みを終えたばかりのほかほかした空気が、ギレンディークにまとわりついている。その手に撫でられるとあったかくて不思議と落ち着く気がした。

彼の手は大きくて、胸も広い。小柄なジゼレッタなど、ギレンディークにすっぽり包まれてしまうのだ。

だが、安堵しかけて我に返った。ガバッと身体を起こして彼の胸を押しのけると、しがみついたことを後悔して手を離す。

「す、すみません。もう、寝ますね！」

すっくと立ち上がり、ぎくしゃくしながら扉に向かったものの、扉を開けた途端、静まり返った薄暗い邸内に稲光が射し込む様を見て、足が竦んだ。

風雨ともに強く、外の不穏な音が彼女を脅かす。

「ラスタさん、誰かいませんか？」

実は、なるべくギレンディークとジゼレッタをふたりきりにするように、というハルバード公夫妻の指示により、使用人一同はひっそりと別の場所で仕事をしているのだ。

しかし、そんな迷惑な命令がなされているとも知らないジゼレッタは、仕方なく照明の落とされた廊下をおっかなびっくり進んだ。

雷はすこし遠のいただろうか。遠くのほうでゴロゴロ鳴っているようだが、まだときどき外が光るので、そのたびにジゼレッタはびくっと息を止めた。

二階の踊り場に到着したとき、またしても爆音が轟く。

「きゃあ！」

たまらず悲鳴をあげてしゃがみこむと、身体がふわりと宙に浮いた。

「部屋までお送りしましょう、姫君」

穏やかな声に恐々と目を開ければ、すぐそこにギレンディークの機嫌のいい笑顔がある。

ジゼレッタは彼の腕に抱き上げられていた。

「あのっ、ギレンさま、下ろしてください」

「腰抜かしてんだろ。無理すんなって」

「無理なんてしては……」

そう言いながらも、度重なる雷鳴に恥も外聞もかなぐり捨て、三秒後にはギレンディークの肩にしがみついて目を閉じていた。

「やっぱ怖いんじゃん」

「……雷に怯えたことなんて、今までになかったんです。今日はどうかしているとしか」

「あぁ、ジゼは八人きょうだいなんだろ？　もしかして、雷雨のときにひとりでいたことがないんじゃないのか？」

雷雨自体、そう何度も経験したことはないが、確かにジゼレッタの周囲にはいつも誰かしらがいて、怖い夜も常に守られていたように思う。

「ここはジゼの家じゃねえし、今夜は気心知れた公爵夫妻もいないからな。けど、オレがいるから、何も心配いらねーよ」

「不安要素しかありません」

とはいえ、ジゼレッタの小さな手は、無意識にぎゅっと彼の上衣を握りしめていた。

「オレみたいなのでも、一緒にいたら気が紛れるかもしれねえだろ？　怖いことを無理に怖くないなんて思わなくてもいいんだぜ」

「……別の意味で怖いんですが」

ぼそっと言うと、ギレンディークは豪快に笑った。

「そうだな。親の目もないし、襲っちまうかも」

「やっぱり下ろしてください！」

「嘘だよ、そんなことしねーよ。したいけど」

それを聞いてジゼレッタは青ざめた。まったく冗談に聞こえない。

だが、階段を上がって三階の彼女の部屋まで来ると、ギレンディークはちゃんとジゼレッタを下ろして、部屋の中に入るのを見送ってくれた。

部屋に押し入られたらどうしようと心配していただけに、あっさり彼が引き下がったことに肩透かしを食らった気分だ。

(肩透かし……？)

これではまるで、自分が期待外れにがっかりしているようではないか。閉じられた扉を振り返ると、ジゼレッタはあわてて頭を振った。

ところがものの三分後には、ギレンディークが自分のベッドにいることについて、ジゼレッタは首を傾げざるをえなかった。

というのも、部屋に帰りついた途端、とどめのように一番激しい雷鳴が彼女の耳をつんざいたのだ。空が割れてしまうのではと不安になるほどの凄まじい音だった。

無我夢中で扉を開け、自室に戻ろうとしていたギレンディークに駆け寄ると、ジゼレッタは自ら彼のたくましい腕をつかんでいた。

「あ……っ」

振り返った彼と目が合い、ジゼレッタは自分の行動に驚いて口をぱくぱくさせて手を離したが、やたらとギレンディークに頭を撫でまわされた。

「やっぱおっかねーんだろ。しょうがねえから一緒に寝てやるよ」

「いえっ、間に合ってます！」

「間に合ってねーじゃん」

ギレンディークはくすくす笑い、ジゼレッタの手を引いて彼女の部屋に入った。

「ジゼのベッドは意外と小さいんだな！」

ここは数ある客室のうちのひとつだが、ふたりが余裕で寝られるこのベッドが小さいわけではなく、ひとえに公爵家嫡男であるギレンディークのベッドが大きいだけである。

「ギレンさま、自分からあんなことをしておいてなんですが、ひとりで寝られますので」

とはいえ、まだ窓の外はゴロゴロと雷が続いているし、閃光が室内を照らすたびに身体が強張ってしまう。

カーテンを引いて外から入る稲光は遮断したが、強風で木々がざわつく音や、激しい雨が叩きつける音がジゼレッタの不安を煽りたてる。

「ひとりでいても、オレといても、どっちにしろ寝られないなら、一緒にいた方がまだいいだろ。手は出さないようがんばる」

「がんばるって、それただの決意表明ですよね？　何も安全は担保されてませんよね？」

ベッドに上ろうとしているギレンディークに思わず言ったが、彼は構わずにジゼレッタの膝裏に腕を回して抱き上げ、ベッドの真ん中に彼女を連れ込んだ。

「そりゃあ、好きな女の子が隣にいるのに、手も出せないなんてかなりの拷問なんだぞ。オレはあえてその地獄に乗り込もうとしてるんだ。死地に赴く男を応援してくれ」

「被害に遭うのは私なんですけど！　ですから、ひとりで寝られると……」

そう言っている間に、なぜかギレンディークと枕を並べて横になっていた。

逃げ出そうと思えば逃げることはかんたんだったが、風がおそろしい唸り声をあげているので、積極的に出て行こうとはならなかったのである。

雷は多少遠ざかったものの、まだしつこく雷鳴は続いていて、ジゼレッタの精神を蝕む。どうやら彼の言うとおり、悪天候の恐怖に苛まれるより、ギレンディークの横にいたほうがマシであると、無意識に判断したようだった。

だが、接触するのはよくない。ジゼレッタはすこしだけ距離を置いて、彼に背中を向けると、なるべく風の音が耳に入らないよう毛布で耳を隠した。

距離はあるけれど、背中側がほわんとあったかい気がする。

「――ジゼは、なんで行方不明の人間と婚約しようなんて思ったんだ？」

唐突に問われ、ジゼレッタは返答に窮した。

「それは……」

「いくら貴族だからって、生死もわからない男と婚約なんて、正気の沙汰とも思えない」

女たらしの求婚から逃げるためですと、今さら言えるだろうか。なんとなく口を噤むしかなかった。

「ジゼはやさしすぎるんだよな。母を慰めるためだったんだろ？」

「あ、の、私は……」

「慰めのつもりだったのにオレが現れちまったから、ほんとはジゼも困ってんだろ。いくらオレら庶民から見て貴族が常識外だったとしても、さすがにそりゃねえと思うよ」

「……ギレンさまこそ、いきなり親と名乗る人に婚約者を押しつけられて、迷惑なさっているのではないですか？」

「オレは迷惑とは思ってねえよ？　ジゼがかわいいのは事実だし。まあそりゃ、いきなり親が現れたのはびっくりしたけど、あの人たちはオレを育ててくれたジジババに花を供えてくれただろ？　なんか、いいなって思った。うまく言えねえけど」

ジゼレッタは振り返って、彼女の方に横向きになっていたギレンディークの、黒茶色の髪に手を伸ばした。

「ギレンさまこそ、やさしいんですよ。伯父と伯母は、ずっと悲嘆に暮れて過ごしてきたんです。私が生まれるよりずっと前から。でも、二十二年間の愁いなんてなかったみたいに、今はふたりとも毎日幸せそう。ギレンさまはそれをわかっていらっしゃるから、現状を受け入れてくださったのでしょう？　これまでの自分の生活を捨ててまで」

「ジゼ、買いかぶりすぎ。うだつの上がらねえ貧乏な掘っ立て小屋暮らしから、いきなり金持ち貴族の息子に納まり返れんだぜ？　以前にも言ったけど、おまけにこんなかわいい婚約者までついてきたんだ。こっちのほうがおいしいなって思っただけだよ」

そんなふうに言いながらも、ギレンディークの群青色の瞳はすこし照れくさそうに笑っている。その笑みに引き込まれ、ジゼレッタも自然と笑い返した。

――いつの間にか雷の音は止んでいたが、その残滓のようにひときわまぶしい稲光が起きた。カーテン越しにもかかわらず、一瞬の閃光が室内を真昼同様に照らす。

「きゃ……」

彼との会話に気を取られていたジゼレッタは、条件反射で雷鳴に対して身構え、ギレンディークの髪に触れていた手で彼の首にしがみついて、ぎゅうっと抱きついていた。

「それまずい、すっげーまずいぞジゼ！」

「え……?」

腰にギレンディークの手が回され、あっと思った瞬間、身体が向かい合う格好でぴたりとくっついていた。厚い胸に抱き寄せられて、生々しく重なる体温に息を呑む。

彼の胸に当てた自分の手をみつめていたら、急に心臓が焦りだした。

あわててギレンディークの腕の中から逃れようとしたが、腰に回された手はしっかりジゼレッタを捉えていて、びくともしない。

「あのっ、手を――放してください」

「うん、無理」

そう言いながら、ギレンディークはそっとジゼレッタの背中に手を這わせ、くすぐるように撫でてくる。その手つきにぞくぞく震えるものを感じ、彼女は必死に抗った。

「は、放してくれたら、ご褒美あげます!」

「――今ここでその話持ってくる?　とんだ生殺しだな」

「で、でも……」

よくわからないが、このままではいけない気がして、ジゼレッタはなんとか彼と距離を置こうと必死だった。

すると、すこしだけギレンディークの手が緩んだ。ほっとしたら、彼は苦々しい笑顔でジゼレッタを見下ろしている。

いんだぞ」

「ご褒美の前渡しを要求する。一週間もご褒美をねだり続けてるのに、一度も実現してな

「あ、あれは、ギレンさまが真面目にやってくれないからでしょう。ずるくないですか⁉」

「ちゃんとトング使って砂糖入れてるぞ」

一週間もかけた挙句に、たったそれだけで威張られるのもどうかと思うが、ジゼレッタに頬を向けて、そこにキスをしろと彼は暗に言う。

このまま密着しつづけているのは心臓に悪いし、心なしか、腿に硬いものが当たっているようで気が急いた。その部分に何があるのか、ジゼレッタは見知っていたのだ。

思い出すだけで、心に冷や汗が流れる。

「や、約束ですよ！」

観念すると、たくましい肩にそっと手を置き、恐々と彼の頬に唇を寄せた。

だが、頬に触れる直前、ギレンディークがいきなり顔の向きを変えた。おかげで、そのまま唇と唇が重なり合ってしまう。ジゼレッタは目を見開いた。

「んっ」

見事なだまし討ちだった。

約束が違うと抗議の意味を込めて、彼の胸をげんこつで叩く。しかし、そうするとますますギレンディークの腕に力が入り、ジゼレッタの身体を抱き寄せた。

逃げ出したいのに、ギレンディークが軽く唇を食むと、震える身体から力が抜けてしまい、抵抗できなくなる。

痺れに似た甘ったるい感覚に、全身の強張りを解かれてしまった。

その一瞬の隙に、彼はジゼレッタの身体を仰向けに転がすと、上に跨って噛みつくキスを繰り返しはじめた。

「…………」

男に組み敷かれている。自分の身に起きていることが信じられなくて、されるがまま大きく目を見開いた。

「ジゼ？」

ふと唇が離れ、彼女の反応を確かめるようにギレンディークが顔を覗き込んできた。

今、自分がどんな顔をしているのか、全然わからない。驚きに目を瞠っているのか、騙されたことに怒っているのか、それとも恥ずかしくて頬を染めているのか……。

わかっているのは、キスされた瞬間から心臓が必死に働いていることくらいだ。

「もう一度、いい？」

聞かれても、返事ができなかった。キスをするなんて生まれて初めてで、どんな顔して受け止めればいいのかわからない。

もはやジゼレッタにできることは、ギレンディークの顔を凝視することだけ……。

すべての動きが止まってしまった。

だが、断られなかったことで了解の意味と取ったのだろうか。今度は彼の方から顔を近づけ、半開きになったジゼレッタの唇を奪う。

肘をついて彼女の頭を撫で、もう一方の手は顎を持ち上げ、角度を変えながらくちづけを深めていく。

茫然としたところで唇を舌でこじあけられ、ギレンディークの舌が入ってきた。

（……!?）

舌を舌で撫でられているのだ。思いもよらない出来事に驚いて口を開けると、もっと深く絡まった。

くすぐったくて、身体の奥の方が疼くような……。

「ん、ふっ……」

力を込めてギレンディークの胸を押し返し、不意打ちのキスから逃れようとしたが、彼の身体はびくともしない。

それどころか、顎にかけられていた大きな手が喉に滑り落ち、鎖骨を撫で、その下にある胸のふくらみをつかまれた。

胸をふにふにとやわらかく握られ、布越しに乳房の頂を指でつままれる。その途端、つまれた場所ではない、下腹部の疼きが増したように感じられた。

すこし、気持ちいい。

くちづけが深まるにつれて、ギレンディークの呼吸が荒々しくなるのが怖くもあり、反面、なぜかジゼレッタの気分を高揚させる。心臓の鼓動が心地よく聞こえるほどだ。

だが、寝衣の裾をたくし上げられて、彼の膝がジゼレッタの脚の間に割って入った瞬間、恍惚に似た気分は吹き飛んだ。

ジゼレッタは混乱してギレンディークの頬に手を当てると、思いっきり押しやっていた。

「は、話が、違います……！　こ、こんなこと……」

うわずった声で非難すると、行為に没頭しそうになっていたギレンディークが目をぱちくりさせ、「ちぇ！」と声をあげて彼女の身体を解放した。

「もうちょっと陶酔しててくれればよかったのに」

残念そうに笑ってギレンディークが上体を起こしたので、本能的に防衛すべく、ジゼレッタも身体を起こし、毛布を抱きしめて後退りした。

「な、なんであんな……」

「ああ、もう何もしないって」

何事もなかったように笑う彼を見ると、うまく言葉にならないもどかしさがこみあげてくる。

「あのな、ジゼ。オレは本気でジゼのこと好きなわけ。好きな子にベッドの中で抱きつかれて何事もなくすませるには、もうほんと、途方もない精神力を消費するわけよ。女の子にゃわからんかもしれねえけど！　いや、オレも最初はもうちょっと我慢できると思ったんだけど……思ったよりもキョーレツだった。朝までここにいたら本気で襲いそうだから、オレは部屋に戻るわ。もう雷も遠くなったみてえだし、大丈夫だよな」

言われてみると、風の音はまだあるが、雷の轟きはもう途絶えていた。しかし、ジゼレッタの中からは、天候への恐怖などとうになくなっていた。

「強烈って、何が強烈だったんですか」

「そんなの、ジゼのおいしそうな匂いに決まってんだろ。やわらかくて、甘そうな」

「私は、食べ物ではありません」

「オレにはめちゃくちゃうまそうなんだよ！　やべーな、抜いてこよ……」

意味のわからないことをぶつくさとつぶやきながら、ギレンディークはそそくさとベッドから降りると、彼女の部屋を後にした。

結果、取り残されることになったジゼレッタは、いきなり覆いかぶさってきたあの熱の感触を持て余し、何度も何度も自分の唇を指でなぞる。

心臓が、ドクドクと鼓動を打っていた。

第三章　下町デート

昨晩の雨が嘘のように今日は青空が広がり、すっかり濡れてしまった庭も、陽光を受けた雫できらめいている。

公爵夫妻は、やはり昨晩の荒天で馬車を出すことができず、王城に一泊してからの帰宅だった。ミードの街外れの森に落雷があったようだが、幸いにして火事にもならず、けが人もなく、とても平和な朝を迎えている。

——ジゼレッタ以外は。

早朝に公爵夫妻を迎え、ギレンディークも交えて四人で朝食を共にしたが、彼女の意識はどこかに行方不明で、食事中も上の空だ。

その後に恒例となっているマナー講習でギレンディークとふたりになると、ジゼレッタは緊張の糸を全方向に張り巡らせて彼に対峙した。

「そんなに警戒しなくても……」

ギレンディークが思わずため息をついてしまうほど、ジゼレッタの防衛は鉄壁の構えを見せていた。

「だ、だって……」

「初めてキスしたのがオレじゃ、イヤだった？」

そんなことを直截的（ちょくせつてき）に聞かれても、返答などできるはずがない。しかも、キスだけではなく、胸まで揉まれた……。

頬を赤らめてうつむいた。

「あー、やっぱ初めてだったんだ」

「…………」

そこを確認するための誘導だったらしい。

「まあそこはほら、婚約者同士だし。それともジゼは、この婚約を取りやめにする予定か」

「取りやめ……？」

「だって、ジゼの中にはアルロスが戻ってくる予定なんか、最初からなかったんだろ？今ならまだ引き返せるんじゃねえの？」

彼の言うことは実際のところ、ある程度は的を射ている。アルロスが帰還するなんて考えはこれっぽっちもなかったし、ただただリリカネル伯爵を追い返すために『婚約者』という名前が必要だっただけで……。

　でも、この婚約をなしにしようとまでは積極的に考えたことはない。

「なぜかしら」

「それはどこにかかる疑問だ？」

　心の声が口に出ていたらしい。聞き咎めるギレンディークに向かって、ジゼレッタは首を横に振った。

「まあ、今さら取りやめにする気は、オレにはねーからな。ジゼにはキスだけじゃなくて、その先も全部、呑んでもらう予定だから」

「その先……」

　夫婦のすることは、それなりに聞き知ってはいる。たぶん、昨晩もジゼレッタが早々に音を上げなければ、その先とやらに到達していたのではないだろうか。

「ギレンさまは破廉恥(はれんち)です！　そんなこと、こんな昼日中から堂々と言わないで！」

「ふたりきりなんだからいいじゃんか。じゃあ夜する？　話だけじゃすまないと思うけど」

「………」

「それに、ちゃんと宣言しておかねえと、のらりくらりとかわされそうだしな。で、肝心のジゼはどうなの」

　リリカネル伯爵をうまいこと撃退した後で、用済みだからさよなら、というものでもないだろう。

事実、双方の両親が認めている正式な婚約だ。今さらジゼレッタから破棄を申し渡すことはできないし、よく考えてみれば、ギレンディークと結婚するのがいやだ、というわけではない――たぶん。

身体に触れられたのも、初めてだったから緊張はあったけれど、嫌悪感みたいなものはなかった。人間として、男性としてギレンディークが嫌いなわけではない。

「……正直なところ、よくわかりません。おっしゃることの半分くらいは当たってますが、婚約の話を反故にしてくれと言うつもりはありません。ただ、ただね？　やっぱりギレンさまのその乱暴なところが、私、どうしても受け入れがたいんです！」

「だから、ジゼがチュってしてくれれば」

「この話、永遠に終わらない感じですね」

昨晩、なんとか折れて頬にキスをしようとしたのに、それを翻して唇を奪ってきたのはそもそもギレンディークのほうではないか。

「……わかった、今日はもうやめた」

「え？」

突然の終了宣言にジゼレッタがまばたきをしていると、彼はさっさとテラスから姿を消してしまった。

(怒らせちゃったかな……)

昨晩からの一連の会話を思い返してみると、ギレンディークは彼女に対して「好きだから結婚するつもり」と言ったのだ。「本気で好きだから、キスの先も当然ある」と。

遠回しでもなんでもない、とても直截的な求婚の言葉だったのではないだろうか。だというのに、ジゼレッタの煮え切らない返事ときたら。

(でも、本気だって言われても、本気になられる理由がない気が……)

外見を気に入られたのはわかった。でもそれだけで、人は他人に対して本気の恋心を抱くものだろうか。

これまで一週間ほど彼と接してきたが、どちらかというと彼女はギレンディークの嫌がることをさんざん強要して、うまくいかないことを詰るばかりだった気がする。

むしろジゼレッタのほうが嫌われてしかるべきでは。

「わかんない……」

すっかり頭を悩ませていると、ギレンディークが着替えて戻ってきた。

だぶだぶの黒いズボンとごっついブーツ、灰色のチュニック、貴族社会では見慣れぬ大きな黒いジャケットを羽織っている。以前、着ていた服のようだ。

そして「ちょっと来い」と言葉少なにジゼレッタを彼女の部屋まで引きずっていった。

「あの、何をなさるつもりですか?」

まさか、昨晩の続きをするつもりなのだろうか。でなければジゼレッタの部屋に向かう理由がないだろう。

（こんな昼間から……？）

焦る気持ちは当然あるが、力強くジゼレッタの手を握る大きな手を見ていると、すこしドキドキしてしまうような……。

（ドキドキ!?　してないしてない！）

だが、扉の前までくると、ギレンディークは言った。

「ジゼ、持ってる服の中で、一番地味なやつに着替えてこい」

「……どういうことです？」

「今から出かける。そのいかにも貴族って感じのドレスだと、悪目立ちすっからな」

「出かけるって、どこへ……？」

「ミードの街だ。しばらく籠りっきりだったから、たまには羽を伸ばさねえと」

言われるままレースやフリルの極力少ない簡素な服に着替える。すると、ギレンディークは厩舎から馬を一頭連れ出し、問答無用でジゼレッタを後ろに乗せた。

＊

直に馬に跨った初めての体験に、やや目を回したジゼレッタだったが、街の真ん中で馬から下ろされて、恐々と辺りを見やった。

ここは王都ガルガロットの城下に広がるミードの街だ。商業の発展したウィンズラムド王国には、世界各地から様々な品物が持ち込まれるが、ミードは特に、王国内でもっともカネの動く街だと言われている。

そんなミードの広場には、黒山の人だかりができていた。

「今日は、お祭りでもあるんですか？」

人出の多さに驚きながら、はぐれないようギレンディークのジャケットの裾をつかむ。

「いつもこんな感じだ。特別何があるわけでもねーよ。ミードは初めてなのか？」

「両親と来たことはありますが……この辺りは初めてです」

「じゃあちょうどいいな」

ギレンディークは楽しそうに笑いながらジゼレッタの肩を抱き、広い街路を人を避けつつ歩いた。

抱き寄せられて困惑するが、ジゼレッタは街の中心をこんなふうに歩いたことがないので、すこし怖さも手伝って、ギレンディークに抵抗しなかった。

でも、道の両脇にずらりと並んだ露店の数々が気になって、ジゼレッタはちらちらと視線を向ける。

食べ物を扱う店もあれば、小物や服を売っているお店もある。香辛料や肉の匂い、めずらしいお香の匂いなどが漂ってきて、次第に興味を掻き立てられた。

道行く人が手に包みを持って、それを食べながら歩いているのを見て目を丸くする。

「ギレンさま、あの人たちは何を食べているの？」

食べ歩きをするなんて、ジゼレッタの常識辞典には載っていない。夜会にいけば立食はあるが、あれは会場での話だ。

「あー、たぶん肉まんじゅうだろ。それとも鉄板焼きかな？」

「あんなふうに食べながら歩くのは、普通なの？」

「普通だな。ああ、ジゼはお行儀のいい食事しかしねえもんな。ひとつ食ってみるか？うまいぞ」

誘われて、目を白黒させた。なんだかとっても悪いことのように思えたのだ。

でも、すれ違う人たちの手元から、なんともいえない良い匂いが漂ってくる。そういえば、お昼を食べずに出てきたので、そろそろお腹が空いてきた……。

ジゼレッタの迷いを振り切るように、ギレンディークはそのまま屋台に直行した。

「おっちゃん、肉まんじゅう二つ」

懐から銅貨を取り出し、ギレンディークはそれを店主に放り投げる。

「あいよ……って、ギレンじゃねえか！　おめえ、貴族の家に引き取られたって聞いたぞ。

あれ本当なのか？」

屋台の店主は叫び、隣で小さくなっているジゼレッタと彼を見比べた。

「おう、ホントもホント。今や公爵家のチャクナンだぜ、平伏しとけよー？　で、こっちがオレの婚約者のジゼレッタだ。どうだ、かわいいだろ」

そう言った途端、店主は鳩が豆鉄砲を食ったような顔でふたりを見比べた。

「こ、婚約者⁉　てめえみてえなゴロツキに、こんな別嬪が⁉　おい、下らん冗談はそのくらいにしとけよ。どこからさらってきやがった」

まじまじと店主にみつめられ、ジゼレッタは肩をすぼめる。

「バッカ言うなよ！　正真正銘、オレの婚約者だっつーの」

「お嬢ちゃん、助けが必要なら言ってくれ。こんなミード一の悪タレの婚約者って、騙されてんじゃねえのか？」

「悪タレ？」

耳慣れぬ言葉に首を傾げたが、紙に包んだ肉まんじゅうを手渡されたので、そちらに意識と視線が移った。

「あ、あっつい」

「ふかしたてだ、火傷に気をつけなよ」

「はい、ありがとうございます。それから、私はさらわれたわけではないので、ご心配いりません」

そう言うと、「ホントかよ……」と店主は嘆きの表情を浮かべ、ギレンディークは勝ち誇った顔になった。

ほかほかと湯気を立てる白くて丸いまんじゅうをみつめ、ジゼレッタは問いかけるようにギレンディークを見上げる。

「食べていいぞ、ここじゃ歩き食いは普通だ」

「……いただき、ます」

恥ずかしくて辺りを見回したが、彼女を見咎める者は誰もいない。

そっとまんじゅうにかぶりつくと、皮のやさしい甘みにたちまち病みつきになった。

「じゃ行こうか、ジゼ。おっちゃん、またなー」

ジゼレッタも店主にぺこりと頭を下げて、ギレンディークに肩を押されながらまんじゅうにぱくついた。

「これ、すごくおいしい……！」

「だろ？　そういや昼飯食ってなかったもんな。ついでに店でも入るか」

やっぱり何度言っても『昼飯』が『昼食』に修正されることはなく、普段であればこの砕けすぎて乱暴な物言いに文句をつけるところだが、この街の雑多な雰囲気の中では、まったく違和感がなかった。むしろ、馴染んでいる。眉をひそめてしまう彼の乱暴な物言いも、さっきの屋台の店主とほとんど変わらなかった。この街ではあたりまえなのだろう。

ギレンディークは肉まんじゅうをほんの数口で平らげてしまったが、熱さも手伝って、ジゼレッタはなかなか食べきることができなかった。

でもそれを急かすことなく、彼はジゼレッタを街の真ん中にある噴水広場まで連れてくると、その縁に腰かけてゆっくり食べるよう勧めてくれた。

「ジゼがミードでまんじゅうにかぶりついてるのは、なかなか貴重な絵だな。めちゃくちゃかわいい」

「あ、あの、あんまり見ないでくれます？　ゆっくり食べられないから……」

そう言っても、彼はジゼレッタの上に視線を固定して楽しそうに笑っている。

見られていることに猛烈な恥ずかしさを覚えつつのろのろと食べていると、通りかかった幾人かがギレンディークに声をかけてきた。

彼らは一様にギレンディークと似たり寄ったりの口調で、ジゼレッタを婚約者だと紹介されると、多少の差はあれど、屋台の店主と同じような反応を見せる。

でも、口は悪いものの、誰もがギレンディークに親しみを抱いているようで、憎まれ口を利きながらも楽しそうに会話していた。

「ギレンさまは顔が広いんですね！」

どうにかまんじゅうを食べきり、感心して言うと、彼は苦笑を浮かべる。

「まあ、商売柄な。ガルガロット衛兵隊にいたときは、それこそ街中を走り回ってたし」

「あっさりお仕事を辞めてしまわれましたけど、よかったのですか？」

「所属する部隊がどこだろうと大差ねえさ。根っこは同じ、ウィンズラムド王国だ。それに、もっと上に近いところに配属されりゃ、下っ端に無理難題ふっかけてくる連中に文句のひとつも言えるかもしんねえだろ？」

「同僚の方を助けたいとお考えなんですね。ご立派だと思います」

するとギレンディークはなぜか顔を赤らめて苦笑いした。

「そんな大層なもんじゃねえって！　変なこと言うなよ、かゆくなるから。にしても、喉渇いただろ。そこに馴染みの酒場があるから、行こうぜ。オレのダチがよく溜まり場にしてんだ。まんじゅうだけじゃ食い足んねえし」

「酒場……？」

例のリディア嬢のいる酒場だろうか。気にはなったものの、彼はためらうこともなくジゼレッタの手を引き、雑踏に紛れて目的地へ一直線に向かった。

たどりついたのは、ずいぶん古ぼけたお店だ。看板は汚れて傾いているし、年季の入った木造の壁はところどころ傷んでいる。

だが、寂れた外見とは裏腹に、中は賑やかだった。野太い喧騒が聞こえてくるほどに。

きっと、ギレンディークがいなかったら、ジゼレッタの人生で一度だって入ることのない店だろう。

「うーっす」

店の中は思ったよりは広く、テーブルが十ほどあるだろうか。昼時ということもあり店内は盛況で、大柄な男たちが客の大半を占めていた。

ギレンディークが入っていくと、客の何人かがこちらに顔を向ける。

強面のおそろしげな男たちと目が合ってジゼレッタは息を止めたが、彼らはギレンディークに気がつくと、いっせいに席を立った。友人がよくここにいると言っていたはずだが、こちらを見ている男たちはみんな厳つい顔をしている。

「おい、ギレンじゃねえか！」

ジゼレッタはその太い声にびっくりして、ギレンディークの後ろに隠れた。

「ほんとだ、ギレンだ！」

「ギレンの兄貴！　あんた、いきなり消えるからびっくりするじゃねえか！」

むくつけき男たちの中から、くすんだ金髪をした小柄な青年が現れ、ギレンディークの前に立つなり、いきなりその腹部に拳を叩きこんだ。

「えっ……!?」

ジゼレッタはびっくりして口許に手をやったが、ギレンディークはちゃんと手のひらでそれを受け止め、楽しそうに笑っている。

「メディットさんに聞いたっスよ、兄貴が貴族の息子だったたって！　あれ、マジなんスか」

「たぶんな。証拠はねえけど、オレのオヤジって人が、そりゃまあオレにそっくりでよ。疑う余地もねえくらいだ」

「そんな……じゃあもう、兄貴なんて呼べねえじゃねえか……」

「あー、まあ気にすんな！　オレはオレだ、なんも変わんねーよ！」

小柄な青年はひとしきり嘆いた後で、ギレンディークの後ろでびくびくしているジゼレッタに気がついて、目を剝いた。

「兄貴、この――とびきりの別嬪はどなたで？」

「この子はな、ジゼレッタっていって、オレの婚約者だ」

ギレンディークが「どうだ！」と言わんばかりに胸を張るも、その場の一同はしんとして、即座の反応は得られなかった。

「あれ、聞いてる？」

彼らが互いに目配せし合うと、ひときわ身体の大きな男がギレンディークの胸倉をつかんで凄んだ。

「ギレン、貴様、見え見えの嘘ついてんじゃねえぞ。いきなりいなくなったと思ったら、相変わらず大法螺ばっか吹きやがってよ」

「誰が大法螺吹いたってんだよ」

大男の迫力にジゼレッタはすっかり畏縮してしまったが、このままではギレンディークが危険と判断し、勇気を振り絞った。

「う、嘘ではありません。私は、ギレンさまの婚約者で、ジゼレッタ・フィン・アルフェレネと申します。お願いです、手を、放していただけないでしょうか。彼に、乱暴しないでください……」

怖くて泣きそうになりながらも、弱々しく大男に懇願すると、彼はなぜか頬を赤くしてパッと手を離した。

「……嘘だろぉ!?」

「ギレンさまって、誰だよ！」

店内中に起きた阿鼻叫喚が鎮まるまで、それから十分はかかっただろうか……。

ようやく騒ぎが落ち着いた頃、ギレンディークはあらためて友人たちにジゼレッタを紹介した。そう、この強面の集団こそが、彼の友人だったのだ。

「こいつらはオレのダチで、パルフ、アルセイス、ダール、リグナント、ルークスだ」

五人の強面たちの名前を聞いても、すっかり圧倒されてしまった彼女には、一度で覚えられそうになかったが、くすんだ金髪の青年だけはどうにか覚えられた。

「そんで、このちっこいのはオレの舎弟でラウド」

「……シャテイってなんですか？」

「まあ、弟分みたいなもんだ」

「弟分というのは、弟さんではないですよね……？」

「そうそう、言うなれば子分ってとこかな」

子分という身分の人を見たのは初めてだ。ジゼレッタは目をぱちくりさせた。

「ギレンの兄貴にはいつもお世話になってるっス、ジゼレッタさん。いや、しかし……兄貴がこんな美人と……世の中、どうかしちまったんですかね……」

「どういう意味だ、ラウド」

「いえっ、深い意味はないっス」

席に座ると、ギレンディークは手早くエールと料理を注文する。ジゼレッタにはお酒ではなくジュースを頼んでくれた。

「いやしかし一週間ぶりったって、メディットやグレドもここんとこ、ほとんど顔見せねえからな。ギレンのヘラヘラ顔も、考えてみりゃ懐かしくもなんともねえわ」

「こんな色男をつかまえて、ヘラヘラ顔はねえだろ。なあジゼ」

唐突に同意を求められたが、ジゼレッタは曖昧に微笑むだけにとどめた。

確かにギレンディークの顔立ちは父親に似て、とても端整で男らしくはあるのだが、ヘラヘラ顔という表現にも違和感がなかったのである。

「三日にあげず通ってた連中が顔見せねえなんて、衛兵隊が忙しいんか？」

「いきなり隊を辞めたヤツがいるって言ってたしな！　それに、また子供が誘拐されたらしいぜ、立て続けにふたり」

「誘拐？」

物騒な言葉を聞き、ジゼレッタは思わずギレンディークを見た。

「ああ、ミードには昔から子供がいなくなる事件が多いんだ。以前は神隠しなんて言われてたらしいけど、いなくなった子供が遠い外国で死んでるのが見つかったことがあってよ。以来、組織的なもんじゃねえかって言われてる。一番多かった二十年前より減ってるとはいえ、やっぱ年に数人は姿を消すんだ。多分、足がつかねえように、誘拐対象の人数を最小限に絞ってんだろうな」

ギレンディークは自身のことについては何も言わなかったが、彼もそうしてさらわれたひとりなのだろうか。でも、ギレンディークが誘拐されたのは王都ではなくハルバード公の領地の邸だし、犯人もわかっている。

ギレンディークを連れ去った侍女は、元々レムシード女公爵デリナが雇っていた侍女だったという。

（その侍女が、組織の人間……？　デリナさまも、もしかして——）

そう思いかけたが、証拠は何もないのだと思い返して頭を振る。そのとき、ギレンディークの舎弟のラウドが、ジゼレッタを見て声をあげた。

「そういやジゼレッタさんも、その子供さらいの好きな――」

彼が言いかけた瞬間、ギレンディークの大きな手がラウドの口をふさぎ、床の上に身体ごと引き倒してしまった。

「バカか、おまえ」

ラウドを見下ろすギレンディークの冷ややかな目に、ジゼレッタは驚いた。そんな冷たい目を見たのは初めてだったのだ。

「ギ、ギレンさま、どうしたんですか？」

「なんでもねえよ、ジゼ。ラウド、人の婚約者に馴れ馴れしく声かけんじゃねえ。おまえ、そんなんだからいつまで経っても舎弟なんだぞ？」

「す、すみません……」

だが、凍りつくような一瞬の出来事は、運ばれてきたおいしそうな料理のおかげですぐに忘れさられ和やかな空気になった。

「ジゼ、これめちゃくちゃうまいぞ、食べてみな」

ギレンディークが甲斐甲斐しく、料理をジゼレッタのために取り分けてくれる。実を言えば、さっき食べた肉まんじゅうでお腹はいっぱいになっていたが、物珍しい料理の数々に、すこし食欲が湧いてきた。

しかし、ジゼレッタがお行儀よく手を合わせて料理に手をつけようとすると、男たちが一斉に彼女の動作を凝視する。

無言の圧を感じ、手が止まってしまった。

「おい、おめえらジロジロ見んなよ。ジゼが緊張して食べられないだろ」

「いやだってよぉ、貴族のお姫さまが俺らと同じ物を食うとは、ちょっと信じられねえ」

彼らの視線からジゼレッタを守るために、ギレンディークが身を乗り出した。

「てめえらと違って、ジゼは繊細なんだ。不躾な目で見んじゃねえ。あと、そのエロい目で見るのもやめろ！　オレのだからな！」

そう言って彼はジゼレッタの肩を抱くと、所有権を主張するように額にキスをした。

「ギ、ギレンさまっ！」

人前でキスをされてあわてるが、ギレンディークはどこ吹く風である。

「いやしかし、ほんとかわいいっスね！」

「この世のものとは思えねえな……見ろよ、このほっそい手。人形みてえだ」

「てめえらのガサツな手で触れたら折れちまうからな。絶対さわるんじゃねえ」

彼らは料理だけではなくジゼレッタのためにジュースやデザートを注文し、恭しくそれらを差し出してくる。

「あ、ありがとうございます」

どうやら見た目ほど乱暴な人々ではないと感じ、目の前にたくさんお皿を並べてくれる彼らに、ジゼレッタは目を合わせてにこっと笑った。

「うおおお、かわいい！」

「ヨコシマな目で見んじゃねえ！」

ずっと褒められっぱなしで、うれしいやら困るやらだが、こんなに賛美されて悪い気はしない。

「こんな店だが、ジゼレッタさんがいると王宮にでもいるような気がするな！」

「こんな店って、どういう意味だい」

男たちの「ガハハ」という野太い笑いの中に、凛とした若い女性の声が飛び込んできた。

思わず顔を上げると、背の高い、きれいな顔立ちをした娘が腰に手を当てて立っている。

前掛けをしているので、店の人間だろう。

「久しぶりね、ギレン」

「お、リディア！　久しぶりだな！　顔が見えねえから、どうしたのかと」

「買い出しに行ってたんだよ。帰ってきたら、最近見ない顔がいるから何かと思って」

リディアの名前に、ジゼレッタは素早く反応した。

――例の『酒場のリディア』だ！

ギレンディークはかつて、「こんな別嬪見たことない」と言って彼女を口説いていたと聞いた。それなのに、口説いていた女性の前に婚約者を連れていくなんて、いったいどういう神経をしているのだろう。しかも、まったく悪びれた様子もない。

「で、このお嬢さんはどこから拐かしてきたの？」

街を護るガルガロット衛兵隊に所属していたはずなのに、ギレンディークがジゼレッタを連れている光景は、誰が見ても「誘拐してきた」ということになるらしい。

最初は親しいがゆえの憎まれ口だと思っていたが、ここまでくると、彼の性格に問題がある気がしてならない。確か屋台の主人には、ミード一の悪タレなどと呼ばれていた。

「どいつもこいつも、オレをなんだと思ってんだ。この子は正真正銘、オレの婚約者だ。今日は見せびらかしに来た！」

こうやって婚約者だと触れ回られるのは、何度目だろう。しかし、今回ばかりはジゼレッタは罪悪感を覚えて小さくなった。

「婚約者……!?」

ここから先のやりとりはもう、まったくこれまで通りだった。ギレンディークに無理強いされているのではないかと、ひとしきり心配されたのである。

しかしどちらかと言えば、この場合はジゼレッタのほうが押しかけ婚約者だ。

「ギレンさま」

リディアが仕事に戻っていった隙に、彼の袖を引いて耳打ちする。

「あの、リディアさんとのことは、いいのですか？　私が婚約者だなんて紹介されて、リディアさんは気を悪くされたのでは……？」

「え、なんで？」

「だって、ギレンさまはリディアさんのことをお好きだったのでしょう？　彼女がギレンさまの告白に対して、どのようなお返事をなさったのかは存じませんが、あまりいい気分にはならないのでは……？」

ギレンディークは飲みかけていたエールにむせて、げほげほ咳き込んだ。

「な、なに言ってんのジゼ。オレが告……」

途中で言葉を呑み込むと、彼は友人たちの目を気にして口を噤んで立ち上がった。

「じゃあそういうわけで、帰るわ！　これで払っといて」

銅貨を適当に机の上に投げ出すと、彼は呆気にとられる友人たちをおいてジゼレッタの手を引いて店を出た。

「どうかしたんですか？」

店を飛び出したギレンディークのあわてように首を傾げるジゼレッタだが、彼は苦笑とも狼狽ともつかない顔で振り返った。

「ジゼ、なんか誤解してないか？　オレがリディアに告白って……違うんだ、そういうのじゃなくて」

「……でも、リディアさんを口説いたのでしょう？」

ギレンディークのあわてぶりを見て、ふと思い当たることがあった。もしかしたら彼も、リリカネル伯爵と同類なのだろうか……。考えてみれば、ずいぶん女慣れしているようにも見える。

「口説いてない！　この界隈じゃ女の子にかわいいって言うのは挨拶だ！　告白とか、そんなのじゃねえから！」

「挨拶……」

「そうだ。あ、でもジゼは違うぞ。挨拶なんかじゃないからな、本気だからな！　誤解すんなよ」

「はあ……」

とはいえ、それが嘘でもジゼレッタに彼を詰る資格はない。女たらしの求婚をかわすために、行方不明の従兄をダシに使ったのだから。むしろ、婚約などとんでもないとギレンディークに断られたら、ジゼレッタこそ万事休すである。

彼の気が変わらないように、そこにはさわらないでおくべきだろう。

でも、ギレンディークに「好きだ」とか「かわいい」とか言われることに、自分がうれしさを感じているのも、どうやら否定しがたい事実だ。こんな乱暴でがさつな青年なのに。

裏表がなくて、あけっぴろげで、どこか憎めない。昨晩、あんなことをされたのに、怒る気にはならなかった。

（なぜかしら……？）

確かめようとギレンディークの顔を見上げると、彼はニッと子供みたいな笑顔をジゼレッタに向けてきた。反射的に、心臓がトクンと音を立てる。この無邪気な笑顔に、どうやらジゼレッタは弱いらしい。

「途中で出ちまったけど、腹はもういいか？」

「ええ、たくさんいただきました。もうお腹いっぱい。すっかりごちそうになってしまって。あの、お代は……」

「おいおい、そんな水臭いこと言うなって。ジゼにいいとこ見せたい男心ってやつを汲んでくれよ。一応これでも、ちゃんと働いて身を立ててたんだ」

「ありがとうございます。では、お言葉に甘えまして」

やっぱり彼に好意を向けられると、うれしいと感じる。ギレンディークの笑った顔はとても好きだった。

ジゼレッタはうつむいて小さく笑う。

「そんなことより、腹ごなしにすこしぶらぶらして帰ろうぜ」

彼の大きくてしなやかな手が、ジゼレッタの手を握る。男性と手をつないで歩いた経験なんてないから、これにはあわててしまった。

でも、そんなにおかしな光景ではないのか、道行く人々は誰も気にも留めていない。

（……もうすこし口調がていねいになるといいんだけど）

とはいえ、彼の乱暴な口の利き方にすっかり慣れてしまった今、ていねいに応対されたら逆に不安になるのではないだろうか。

ギレンディークに手をつながれて、そのまま大通りで露店をひやかしながら歩く。

食べ物はもうお腹に入る余地がなかったが、それでも城下の街ならではの珍しい料理は見て歩くだけで楽しかったし、小物を扱う店を覗いたら、革で花をあしらった髪留めをギレンディークが買って、その場でジゼレッタの編み込んだ髪に留めてくれた。

異性に贈り物などもらったことのないジゼレッタは、初めてのことにどぎまぎしてしまい、お礼を言うのにもしどろもどろだ。

「かわいいジゼをもっと見せびらかしたかったけど、そろそろ帰るか。結構歩いたから、疲れただろ」

「ちょっとだけ。でも、とても楽しかった。ありがとう、ギレンさま」

満足そうにはにかんだギレンディークは、ふたたびジゼレッタを馬に乗せてハルバード公爵邸まで戻る。馬上から見た、夕刻の暮れなずむ空に映えた街が、とても美しかった。

門番に挨拶して厩舎に馬を連れ戻り、馬丁に世話を頼むと、庭を横切って正面玄関へと向かう——その途中。

季節の花々が咲き乱れる美しい庭にさしかかったとき、ギレンディークはやおらジゼレッタの肩に手を回して向かい合わせになった。

目を丸くするジゼレッタに、何も言わずに顔を寄せるギレンディークの群青色の目は、「キスしていい？」と聞いているようだ。

でも、問われたと思ったそれは質問ではなく、「キスするぞ」の宣言だった。

躊躇した瞬間、腰を引き寄せられ、唇をふさがれる。驚いたが、昨晩の熱っぽいキスを思い出してしまい、ジゼレッタは顔を赤くして目を閉じた。

腰だけではなく、背中にも手を回されて、強くギレンディークの腕の中に囚われる。強張ったまま彼の胸に手を当てると、その手を握りしめられ、指が絡まった。

頭の中が一瞬で空っぽになってしまった。何かを考えなくてはいけない気がするのだが、心が思考を放棄している。

放心してしまうと、昨晩と同じように、彼の舌が唇の隙間からしのびこみ、淫らな愛撫を繰り返しはじめた。

「ふ……」

鼻から息が抜けると、まるでしぼんだ風船みたいに、ジゼレッタの膝からくたっと力が失われる。でも、ギレンディークはそれを逃がすまいと、ますます力強くジゼレッタの腰を引き寄せて、唇を、口内を貪った。

「ん……、ぅ……」

密着し、熱が重なり合うと、どんどん力が抜けていく。頭の中が空っぽになっただけではなく、とろんと蕩けていった。

自分の心も身体も、ふいに襲った熱のせいか、まるで蠟(ろう)のように溶け出している。ぐずぐずになった全身の中で、心臓だけが力強いままおそろしく大きな音を立てていた。

舌の表面を舐めとられ、唾液があふれそうになってもギレンディークのくちづけは止まらない。むしろ、わざと淫猥な音を立てているのではないだろうか。

されるがままになっていると、ひとりでに呼吸が荒くなる。それは彼も同様だったが、息をつきながら、ジゼレッタをどう攻略してやろうかと狙い定めているようだ。

「ああ……」

どのくらいそうしていただろう。名残惜しそうに唇を離したギレンディークは、自分の腕の中で、目を潤ませて顔を真っ赤にしたジゼレッタを見下ろし、嘆息した。

「今すぐ抱きてえ――」

思考がどろどろのチーズみたいになっていて、すぐにはそれに反応できなかった。だが、ふたたび抱きしめられて、喉元に唇を這わされた瞬間、我に返った。

ギレンディークの顎をつかんで引き離す。

「ま、待ってください……」

呂律(ろれつ)があやしくなっていたが、どうにか制止に成功した。

よろけそうになる膝を奮い立たせ、ジゼレッタは不埒な婚約者から一歩離れる。

「あ、あの……っ、こういうことは、け、結婚前に、するべきでは……」

「結婚前にするべきだよな。相性を確かめとくのは大事だぜ」

「そうではなく！　結婚前にするべきでは、ありません！」

必死に叫ぶと、ギレンディークは仕方なさそうに肩をすくめた。

「だって、ジゼがかわいいから欲情しちまうんだ。しょうがねえだろ。そんな目を潤ませて見られたら、死にかけのジジィでも勃っちまう。いつ結婚するのか知らねえけど、オレはいつまでひとりで抜いてりゃいいんだ？　地獄だぞ」

「……え、ええと」

相変わらず、ギレンディークの言っていることの大半を理解できていないジゼレッタだが、よからぬ目で見られていることは、本能的に察知した。

困って下がり眉になってしまう。

「わかったわかった、他ならぬジゼの頼みだ。なるべく我慢する。断言はできねえけど」

そう言うと、ギレンディークは大きく息を吐き、淫らなキスでぐでぐでになっているジゼレッタの肩を抱き寄せた。

「お、お聞き入れくださって、感謝します……」

「ジゼには嫌われたくねえもん。でも、キスぐらいは許してくれよな」

そんな問いかけには答えられなかったが、うつむいただけで拒否はしなかった。すると、ギレンディークは遠慮なく彼女の額に唇を押し当てる。

離れ際、ギレンディークの首筋から誘うような肌の匂いを感じ取った気がして、胸の鼓動が高まるのを必死に抑え込んだ。

邸に戻ると、着替えるからと自室に逃げ込んだジゼレッタは、あの熱っぽい唇の感触を思い出し、ベッドに倒れ込むなり枕の下に頭を突っ込んだ。

(ギレンさまは、破廉恥だわ！)

一般的に、キスというものは、あんなふうに羞恥を呼び覚ます、いやらしいものなのだろうか。彼女が今までに読んだ恋愛小説には、そんなことはどこにも、一言も書かれていなかった！

昨晩もここで同様のキスをされ、もっと過激な行為を求められそうになったことを思い出してしまい、思わず叫び出したくなった。

ひとしきり恥ずかしさにのたうち回ったのち、ようやく落ち着きを取り戻したジゼレッタは、暗くなりはじめた窓の外に目をやる。

ギレンディークと街を歩いたのは、とても楽しかった。髪につけてくれた髪留めに手をやると、こらえきれない笑みがこぼれてしまう。

「私、うれしいのかな……」

鏡を覗くと、キスされて怒るどころか、にやけ顔の自分がそこにいたのだ。

それにしても、街にいるギレンディークはとても伸び伸びしていて、楽しそうだった。

雑な口の利き方も、あの街では何ら違和感がない。

街の自由な空気で、水を得た魚のように生き生きしていたギレンディークにとって、ハルバード邸での生活はかなり窮屈なものに違いない。

それでも彼は、公爵家に留まってくれている。

やる気と真剣さはともかく、ハルバード家の嫡男という立場を、彼なりに受け入れようとしてくれているのだろう。

（マナーの講習、すこしだけやさしくしてあげよう……）

そう心に決めたジゼレッタだったが、翌日にはあっさりと撤回することになった。

＊

「貴族のマナーってやつを教えてくれるジゼに、オレが大人のマナーを教えてやろう！」

唐突にギレンディークがそんなことを言い出したのは、ミードの街で遊んだ翌日の午後のことだった。

これから夏に向かう季節で、気候はとてもいい。

パラソルの下で、心地のいい風に吹かれながら、ジゼレッタとギレンディークは向かい合って座っている。無論、いつものマナー講習である。

それまでは、『正しい言葉遣い』とやらの講義を黙って聞いていたギレンディークだが、よからぬことを思いついた悪戯っ子みたいな笑みを浮かべ、手を打った。

「大人のマナー、ですか？」

ジゼレッタは最初から疑いの目で彼を見た。こんながさつな男性に、『マナー』という言葉がそもそも具わっているのだろうか。

なにしろ、相変わらず白いシャツの裾は出しっぱなし、襟元は大きく開いたままだ。喉仏から鎖骨にかけての流れるような線が丸見えなので、ジゼレッタは身を乗り出してきたギレンディークのシャツの釦をすかさず留めた。

目に毒をもたらす光景が隠れて、内心でほっとする。

だが、テーブルに手をついたギレンディークは、そのまま顔を傾けてジゼレッタの唇にキスを重ねる。驚いて仰け反ろうとしたが、咄嗟に首の後ろ側に手を回されて、それ以上逃げられなくされてしまった。

昨日みたいな破廉恥なキスとは違い、小鳥がついばみ合っているみたいな軽いものだ。でも、だからといってジゼレッタが平気な顔をしていられるはずがない。

硬直していると、顔を離したギレンディークがうれしそうに笑う。

「ほら、そこで固まるのは大人じゃねーぜ」

「い……いきなりキスするような人こそ、大人ではありません！」

「今さらじゃん。もっかいやってみる？」

「け、けっこうです！」

真っ赤になったジゼレッタに対し、ギレンディークが楽しそうに二度目のキスを仕掛けようとしたとき、執事に車椅子を押されてやってきたシリアが、にこやかに言った。

「まあまあ、ふたりとも楽しそうね」

「伯母さま……！」

大急ぎでギレンディークの顔を押しやると、今の今までここで繰り広げられていた破廉恥な事件を隠すように立ち上がる。

「ち、違うんです。私は――」

「別になんも違くねえじゃん。なあ母、いつになったらジゼと結婚できんの？」

直截的な質問に、ジゼレッタは目を剝いた。『婚約』と『結婚』は雲泥の差だということに、ようやく気づいたのだ。

「早くジゼレッタの花嫁姿を見たいわよね。私もよ、ギレン。そこで、今日はあなたにとってもいい話を持ってきました」

そう言ってシリアがテーブルの上に置いたのは、一通の封筒だった。

「……招待状？」

しかも、国王家の紋章入りの蜜蠟だ。

「来週の王妃さま主催の舞踏会で、ギレンが二十二年ぶりにハルバード公爵家に戻ったお祝いをしてくださるそうなの。これはギレン宛の招待状よ。ここで正式にあなたをギレンディーク・アルロス・フィン・ハルバードとしてお披露目するわ。これでようやく形式が整うから、結婚式の日程はその後で詰めましょうね」

とんでもない爆弾を置いて、伯母は「では引き続き仲良くね」と中庭を去って行った。

「王妃サマの舞踏会だって。へぇえ、そんなんオレが行っていいんだ」

招待状を開いて、ギレンディークはおもしろそうにそれを眺めたが、笑いごとではない。

「舞踏会!?　とんでもないわ、ギレンさま。今のあなたが王宮に乗り込んだりしたら……」

その様子を思い浮かべ、ジゼレッタの顔から血の気が引いていく。

(こんな野ザル連れて舞踏会なんて、無理に決まってるわ!!　どんな恐ろしいことに……それに、婚約を発表って！　ギレンさまは嫌いじゃないけど、それとこれとは話が違う！　これはいったい何の罰!?)

この口の利き方に、このだらしない服装。服装はごまかせたとしても、言葉や振る舞いがいきなり直るはずがない。

社交界になど顔を出したら、たちまち見世物のサルに大変身だ。

おまけにジゼレッタは、『野ザルの婚約者』として国中に認知されてしまう。

「そんなのいやあ……！」

「え？」

ジゼレッタはきょとんとするギレンディークの手から招待状を奪うと、すぐさま文面に目を落とした。

（いつ⁉ 来週末——あと十日しかないじゃない！ 十日でなんとか……）

キッとギレンディークをにらみつけると、彼はさすがにたじろいで身を引いた。

「え、何か問題あった？」

「問題しかありません！ だいたいギレンさま、あなたダンスはできるんですか⁉」

「ダンス？ なにそれ」

くらくらした。いや、ここで怯んでいる場合ではない。ジゼレッタは立ち上がった。

「今日から猛特訓です！ やさしくなんてしてる暇ありませーん！ さあっ、早く立って大広間へ行くのよ！」

すっかり鞭を持った調教師となったジゼレッタは、昨晩の決意を早々に翻し、王妃の舞踏会に向けてビシバシとギレンディークをしごくことになった。

第四章　そのギャップはずるいです！

とうとうやってきた、王妃主催の舞踏会当日。

十日ばかりの猛特訓の成果は――無論のこと捗々しくない。

使用人たちが大わらわで着替えさせたので、見てくれは整った。元々ギレンディークは父親似で顔立ちは大変整っているし、鋭くはあってもにこやかな表情をしているので、外ヅラはいい。

黒茶色の髪を撫でつけ、バリっと糊の利いたシャツに上着（ジュストコール）、すらりと細いズボンを身に着けた姿は、思わず見とれるほどに素敵だ。

ただ、当の本人は落ち着かない様子で、無意識に髪をぐしゃぐしゃにしそうになるので、ギレンディークの手が頭に移動するとすかさずジゼレッタが叱りつけた。

だが、いくら外見をごまかせても、問題は中身だ。口の利き方はまったく直す気もうかがえないし、ダンスの動きは一応覚えたようだが、ひとりよがりで女性を振り回しがちだ。だいたい、ジゼレッタの腰に回す手つきがどことなくいやらしくて、何度手をつねったことか……。

「うう、ジゼが鬼教師……」

すっかりへこたれたギレンディークが訴えても、ジゼレッタは無視した。彼と――おもに――自分のため、心を鬼にしてでも取り組まなければならない課題だったのだ。

こうして舞踏会当日の午後、ハルバード公夫妻の馬車と、ギレンディークとジゼレッタの乗った二台の馬車が王城に向けて出立した。

舞踏会の時間にはまだだいぶ早いが、その前にギレンディーク自身が国王に拝謁することになっている。

この謁見はハルバード家のみで行われるので、同乗したジゼレッタは庭で待つことにした。

「それにしても、ジゼのドレス姿めちゃくちゃかわいいなあ！　え、こんな格好で野郎どもの前に出て、口説かれたこともねえの？　マジで？　貴族の野郎は目ぇ腐ってるか、タマナシのどっちかだな！」

「タマナシ……？　いいですか、ギレンさま。国王陛下に対し、失礼な物言いは絶対にしてはいけませんよ。『だぜ』とか『じゃねえ』とか、絶対に絶対に絶対に言わないでください！　あと、いくら王城が広いからといって、宙返りなんかほんと、絶対にやめて……」

馬車を降りてからも、ジゼレッタの悲痛なお願いは続く。

「大丈夫だって、ジゼ。オレも大人だ、そんくらいわきまえてるよ」

「だって……信じられないです……」

「信用ねえなあ。じゃあ、オレがやる気になるように、ここにさ」

そう言って、彼は頬をジゼレッタに向ける。

正直なところ、十日ばかりマナーやダンスを叩き込んだところで、俄か以外の何物でもないし、いつ何時ボロが出るかわからない。

でも、『婚約者は野ザル』などという風評を立てられてはたまらない。この十日、できる限りのことはやったつもりだ。

「ほんとに、ちゃんとやってくださいますか……？」

「やるやる！　だからさ」

ジゼレッタは辺りを見回し、馬車から車椅子を下ろしているルスラムがこちらを見ていないことを確認すると、軽くギレンディークの頬に――しぶしぶ――唇を寄せた。

「よっしゃああ！」

ジゼレッタが不承不承のキスをすると、彼は大喜びしてその場で宙返りを披露した。

「だ、だから、そういうのやめてって……！」

だが幸いにも、その現場を目撃した人物はいないようだ。

「どうしたの？　楽しそうだね」

妻を車椅子に乗せたルスラムが笑うと、ギレンディークは機嫌よく父の背中を叩いた。

「今日がすんだら、ジゼとの結婚に一歩近づくわけだろ？」

「ははは、そうだね。ジゼレッタがアルロスの婚約者にと名乗り出てくれたことを、本当に感謝するよ。ふたりが仲良くなってくれてよかった」

「はあ……」

仲がいいと言われることに違和感しかないのだが、今さらである。

「オレが車椅子押すよ」

「ああ、頼むよギレン。それじゃあジゼレッタ、陛下にご挨拶してくるから、大広間かどこかで待っていて」

「わかりました。いってらっしゃい」

あきらめ半分、ジゼレッタは苦々しい笑顔で三人を見送った。

もうここまできたら、なるようにしかならない。しかし、まるで自分が試されているような気分だ。

ジゼレッタは大広間ではなく、天気のいい庭に出た。昔からよく出入りしていたので、城内には詳しい。

庭に植えられている枇杷(びわ)の木の下を歩いていたら、木陰のベンチに杖を支えにした男性が座っていた。服装から、下男や庭師ではなく貴族の紳士だと思われる。

見事な白髭を顎にたくわえた老人だが、見知った顔だ。

「ファルネス宰相さま、こんにちは。ご休憩ですか？」

「おお、誰かと思ったら、アルフェレネ家のジゼレッタ姫か。そうか、ハルバード公のご子息とご一緒に来られたのだな」

伯爵家の末娘が気軽に話しかけられる相手ではないが、ジゼレッタは王弟の姪で、国王家と近しいので、宰相とも自然と幼い頃から親しく接していた。

「はい。謁見なのに、宰相さまはご一緒ではないのですか？」

「今日は言うなれば、家族水入らずだからね。陛下も、二十二年前に乳飲み子だった甥を一目見たきりだから、さぞ喜んでおられるだろう。邪魔者は遠慮させていただいておるよ。どれ、ジゼレッタ姫。そこの枇杷をひとつ、もいでくれんかね？　ぎっくり腰でな、動けなくて難儀しておる」

「まあ大変、またぎっくり腰ですか？　枇杷なんて食べている場合ではないのでは……」

「もう持病のようなもんだて。こうしてじっとしておればな、痛くはない。そろそろわしも宰相の座を退く頃合かのう」

「まあ、そんな弱気なことをおっしゃらないで。あとで誰か呼んできますから。この実がおいしそうですよ、ファルネスさま」

ジゼレッタは熟れた実をもいで、老人に手渡した。

「ありがとう。陛下からうかがったが、公子どのと婚約されたとか。生い立ちについては小耳にはさんだが、彼とはずいぶん生きてきた世界が違うと思うぞ。構わないのかね？」

枇杷の皮を剝きながら、宰相はやさしい目でジゼレッタを見た。

「え、ええ。最初は文化の違いにすこしはびっくりしましたけど……同じウィンズラムドで育った者同士ですもの、なんとかなると思います。それに、お行儀はちょっと悪いですが、彼自身はとても人懐っこくて、誰とでもすぐ仲良くなれる人です。頼れるところもあるし、悪い人ではないから、きっと大丈夫です」

第三者にそう話すことで、自分自身の気持ちが整理できた気がする。破天荒なギレンディークにただただ困惑していたが、彼のことが好きだと素直に思えた。

「……そうか、ジゼレッタ姫が納得しているのなら、それでいい。ただ、下町育ちは手が早いからのう、姫も結婚するまでは気をつけることだ。由緒あるアルフェレネ家の娘として、貞操は守り抜けよ」

そう言ってカッカと笑われ、ひたすら赤面の至りである。覚えがありすぎた。

しばらくファルネス宰相と談笑していたが、宰相秘書官が捜しにきたので、ぎっくり腰の宰相を無事に連れ帰ってもらった。

＊

国王との謁見を終えた直後のギレンディークに、これといって緊張した様子はなかった。

だが、何か失礼がなかったかと、心配を通り越して心痛のジゼレッタである。「平気平気」と笑っていたギレンディークに、とても平気でいられない気持ちで、胸が痛くなった。

そんな状況で迎えた、舞踏会の時刻。

（神さま……！）

人前に出たら、もうジゼレッタが尻ぬぐいすることはできない。彼女は玉座から離れた壁際に下がっていたが、キリキリする胃を押さえて、もはや息も絶え絶えだ。

今日は王妃主催の舞踏会なので、王妃自らやってきた招待客をねぎらっている。公爵夫妻もその傍らで客人と挨拶を交わしていた。

ギレンディークは王妃の挨拶の後、国王に紹介されてから登場することになっているので、今はこの場にいない。

そういうわけで、手持無沙汰のジゼレッタはひとり壁の花である。

社交界デビューしてはいても、熱心に夜会や舞踏会に参加することはなかったし、会場にいたらいたで、脚の悪いシリア夫人に付き添っていたり、ハルバード公爵を交えて談笑したりと、一般貴族との付き合いをほとんどしてこなかったのだ。

公爵夫妻と共にいる彼女に気やすく声をかけられる青年はおらず、友人ができる余地もなかった。おかげで、こういうときは両親といるかひとりでいるか、どちらかなのだ。

やがて、夜会の開催時刻になると、王妃が挨拶した後、国王が前に出た。

「今宵は皆に、うれしい知らせがある。以前、ハルバード公爵家より生まれたばかりの子息が誘拐されるという痛ましい事件があったが、此度、神の引き合わせにより、二十二年ぶりに親子が再会と相成ったのだ」

ハルバード家の子息がみつかったという噂を聞いていた招待客たちも、あらためて感嘆の声をあげ、拍手を送った。だが、中には騙りではないかと疑う顔もある。

「むろん、長い歳月が流れているゆえ、彼が本当にハルバード公爵夫妻の子であるか、信じがたい者もおろう。だが、余は公爵夫妻の直感をまず信じ、先刻、本人に会ったことで紛れもなく我が甥であると確信した。ギレンディーク、こちらへ」

国王に呼ばれて、玉座の前にギレンディークが現れる。ここでジゼレッタの緊張は最高潮に達していた。

たちまち広間中がざわついた。

ジゼレッタも離れたところから見ていたが、ハルバード公爵とギレンディークは顔立ちが似通っているだけではなく、立ち姿も、ほんの小さな仕草も、よく似ていた。間近で見るよりも、遠目のほうがよりそっくりに見える。

「ハルバード公子息はアルロスと名づけられたが、さらわれ、ミードの街に連れてこられた。どのような経緯があったのかは不明だが、赤ん坊を引き取ったミードの老夫婦が彼を『ギレンディーク』と名づけ、守り育ててくれた。そこで、彼が生きてきた二十二年と、これから先の人生を鑑(かんが)み、『ギレンディーク・アルロス・フィン・ハルバード』と名をあらため、ハルバード公爵家嫡男であることを認めることとする。よしなに頼むぞ」

そう紹介され、ギレンディークが父公爵に付き添われて正面に立った。

(ああっ、もう、心臓が破裂しそう……！)

壁に手をついてぜえぜえと荒い息をするジゼレッタに、ギレンディークがちらっと視線を投げ、口許で小さく笑う。そして、大勢の人に向き直った。

「まずは、行方不明となっていた私の身を案じてくださった皆さまに、深く感謝を申し上げます。そして、二十二年もの長い間、私の帰りを待ちわびてくれた両親に、あらためて帰宅を報告させていただきます。父上、母上、長きにわたりご心配をおかけし、申し訳ございません。そして、邂逅が叶いましたことを神と育ての両親に感謝し、失われた二十二年を取り戻すよう、孝行して参りたいと思います」

「は……？」

声が出てしまったことにも気づかず、ジゼレッタは目をぱちくりさせて遠くに立つギレンディークの姿を凝視した。

割れんばかりの拍手が起こる中、ギレンディークは神妙に両親に頭を下げ、大粒の涙を流して両手を広げるシリアの前に膝をついてハグをする。ルスラムにも力強く肩を叩かれ、固い握手を交わした。

感動的な親子の再会に誰しもが涙する中、ジゼレッタだけは茫然とし、限界まで目を見開いてその光景を眺めていた。

(なに、この人――誰です？)

いや、どう見てもギレンディーク当人に間違いはないのだが、ケチのつけようのない挨拶と紳士らしい振る舞いに、心がどこかに飛び去ってしまった。

挨拶はほんの一分程度のことだったのに、今の一幕で、彼の存在はたちまちウィンズラムド宮廷中の話題となっただろう。

案の定、狐につままれたジゼレッタの目の前で、ハルバード親子の許に人々が押し寄せた。誰もがハルバード公爵家の跡取りであるギレンディークの歓心を買おうと必死だ。

(ええ……詐欺だわ！)

挨拶の言葉は、事前に仕込んでもらうこともできただろうが、人々に応対する姿はしっかり様になっているし、あれだけジゼレッタが匙を投げかけた立ち居振る舞いも、完璧だった。誰が見ても立派な貴族の青年だ。

どんな会話がなされているかは、ここから確認することはできないが、相対している人々は、彼の無礼で雑な言葉遣いに面食らう様子もない。ちゃんと話もできているようだ。こんなふうに貴公子然とした姿を見せられたら、ご褒美のキスをあげないわけにはいかないだろう——そんなふうに思えた。

ふと、ギレンディークの前に立った女性に、ジゼレッタの心臓は別の反応をした。美しい黒髪の、妖艶な美女。遠目から、それも後ろ姿しか見えていないのに、彼女のまとう空気は圧巻だった。

レムシード女公爵デリナだ。

根拠のない噂では、彼女が侍女に命じて、ハルバード家の公子をさらわせたことになっている。かつての恋人、ハルバード公爵とその妻の幸せを壊すために。

その噂の張本人が、ギレンディークの前に立ったのだ。噂を知る人々も、固唾を呑んでこの様子を見守っていた。

もちろん、ギレンディーク本人はそんな噂を知らない。自分と遜色ないくらいに長身の貴婦人に驚いた様子だったが、愛想よく受け答えしているのが見える。

隣にいる夫妻はすこし緊張しているようだが、何事もなく挨拶は終わったようだ。

謎の緊張感に強張っていた肩から、ふっと力が抜けた。遠目に見ているだけのジゼレッタでさえもこんなに疲れたのだ。シリアもさぞ不安に思っただろうと心配になったが、今はルスラムが隣に控えているので大丈夫だろう。

やがて、主だった高位貴族との挨拶が終わると、控えていた楽隊が陽気な音楽を奏ではじめた。

両親に促されて、ギレンディークが前に出る。すると、声をかけられるのを待つ女性が殺到した。

(ダンス、ちゃんとできるの……!?)

運動神経はいいらしく、ステップはわりとすぐに覚えてくれたが、力加減がわかっていなくて、ジゼレッタはよく振り回されたものだ。彼と踊ったあとは、不必要にへとへとになってしまう。

だが、そんな彼女の心配をよそに、ギレンディークはにこやかに、かつ紳士的に(!)女性たちに断りを入れて周囲を見回した。そして、視線の先にジゼレッタを見つけるなり、人ごみをかき分けてこちらへ突き進んでくる。

(え、え……っ)

迷いもなくまっすぐジゼレッタの前に出ると、ギレンディークは跪き、恭しく彼女の手を取って額に押しいただいた。

人々の鋭い視線が頰に突き刺さる。

「ジゼレッタ姫、私と踊っていただけませんか?」

「は、はい……」

勢いに呑まれて反射的に答えると、彼はうれしそうに笑ってジゼレッタを見上げ、その甲にキスをした。

ギレンディークが一目散に自分のところへ来てくれたことをうれしく感じてしまい、同時にそれがなぜか悔しかった。

うれしいのに悔しいという二律背反に頭を捻るも、ギレンディークに手を取られ、腰を抱き寄せられると、どうしようもなく胸が高鳴る。

だが、また力で振り回されるだろう。覚悟を決めて、しっかり靴裏で床を捉えたが、意外にも彼は軽やかにジゼレッタをリードし、リズムもうまく合わせてくれた。

「ギ、ギレンさま、ちゃんとできてるじゃないですか……！」

「ジゼの特訓の成果だよ。こんな感じでいいんだろ？」

いつも強引な足さばきでジゼレッタを振り回していた箇所も、すんなりとこなす。

「練習では全然できてなかったのに」

「オレは本番に強い」

そう言ってにこにこしているギレンディークは、周囲から見るととんでもなく素敵な貴公子だった。迂闊にも、見惚れてしまいそうになるほど！

（やればできるなら、最初からちゃんとしてくれればいいのに！　そしたら目を吊り上げ

て怒ったりしないわ）

つい視線でそう詰ると、ギレンディークは悪びれた様子もなく破顔一笑した。目の下のほくろが彼の色気をあおってやまない。

（な、なによ、そんな笑顔で……）

一曲を難なくこなすと、次こそはと誘ってもらいたそうな女性たちが近くに集まる。だが、ギレンディークはジゼレッタの手を取ると、そこにできた人だかりに向かって言った。

「先ほど、ご挨拶の際に紹介しそこねてしまったのですが、彼女――ジゼレッタ・フィン・アルフェレネが私の婚約者となってくださいました。ウィンズラムド宮廷の皆さまには、右も左もわからぬ私と、まだ若いジゼレッタ嬢にご指導賜りますよう、何卒お願い申し上げます」

優雅な物腰で下手に出れば、彼女たちも目くじらを立てるわけにもいかない。内心ではともかく、口々に祝辞をくれた。

（えぇ……この人、なんなの？）

にこにことやわらかく人々に応対するのは、もはやジゼレッタの知っているギレンディークでは絶対になかった。

だが、気づけばギレンディークに先導される形で談笑の輪に入り、ふたりの出会いや婚約に至る経緯を聞かれて、しどろもどろに返答していた。言葉に詰まると、彼が脚色して当たり障りなく答えてくれる。

実は大勢の人が苦手だということを、ギレンディークに見抜かれていたらしい。

考えてみれば、彼はミードの街でもとても顔が広かったし、初対面のジゼレッタにも馴れ馴れし……人懐っこかった。根が社交的なのだろう。

そして、話をしている最中にもやたらとジゼレッタの手の甲や、肩を抱き寄せて額にキスしたりと、会話の相手が赤面するほどの溺愛っぷりを見せつける。

「まあ、ギレンディークさまは、本当にジゼレッタさまのことがお好きなのね」

「ええ、両親に会えたばかりではなく、こんなにかわいい人が私の妻になってくださるんですよ！　結婚式が待ち遠しくてなりません」

純粋な若者の体を装うギレンディークが、だんだん詐欺師に思えてきた。

でも悔しいことに、そうやって婚約者だと主張され、独占されるのがいやではない。

ひとしきり婚約者自慢をした後で、ギレンディークは礼儀正しく彼女たちの前から立ち去り、ジゼレッタの肩を抱いてバルコニーに出た。

「いやぁ、貴族の舞踏会ってやつは、肩凝るな！　にしても、父の従妹？　あのデリナって人、ただ者じゃねえだろ。蛇ににらまれた蛙の気分ってやつ、初めて味わったぜ」

噂をなにひとつ知らないギレンディークでも、やはりデリナの雰囲気には圧倒されてしまったようだ。それとも、彼女自身に何か含みがあって、それをギレンディークに感じさせたのだろうか。

　でも、証拠のない噂話を彼の耳に入れる必要はないだろう。

「……それにしてもギレンさま、あの豹変ぶりはいったいどうしたことですか？　お邸にいるときとぜんっぜん別人ではありませんか！」

　人目がなくなったのを確かめると、肩を抱く彼の手の甲をつねって一歩離れた。

「ちゃんとやればできるのに、私をからかって楽しんでいたんでしょう！」

「違うって、一応オレも空気読んだ！　ジゼに恥かかせるわけにはいかねーしな。それにあれ、モノマネしてただけだから」

「物真似？」

「そうそう、父のモノマネだと思えば、恥ずかしいことも意外と平気で言えんだよな！」

「恥ずかしいって……あの最初の挨拶の言葉も？」

「あれは衛兵隊にいた頃の上官どものモノマネ。あいつらさ、いつだって勿体つけた演説するからよ、真似してやった」

「私が教えたことは、それでは全部無駄だったんですか……？」

　つたないながらも、やる気のない生徒に必死にマナーを教えてきたのに、物真似ですまされてしまったのだろうか。

「そんなことないぞ！　オレの知らない言葉はジゼがちゃんと教えてくれただろ？　ジゼ

の特訓とオレのモノマネの才能のなせる業だ！」

そう言ってケラケラ笑うギレンディークに、呆れればいいのか感心すればいいのか迷ったときだった。

背後から走ってくる足音が聞こえたかと思うと、いきなり誰かに手をつかまれた。

「ジゼレッタ！」

自分の名前を呼び捨てにする男の声に、ジゼレッタの心臓が縮みあがる。

見上げれば、呼吸を乱したリリカネル伯爵が、ジゼレッタの両手をつかんで自分の手の中に閉じ込めているのだ。

「伯爵……」

「仕事で遅れて来てみれば。ジゼレッタ、どういうことですか。なんだこの男は」

だが、ジゼレッタが答えるより早く、彼女の手を握りしめている伯爵の手を、ギレンディークが振り払った。

「てめえこそなんだ、汚ねえ手でジゼにさわんな」

ふたりの男の視線が、鋭く交錯する。互いに、一瞬で「敵」だと認識したようだ。

ギレンディークはたちまち貴公子の仮面をかなぐり捨て、敵意を剝き出しにリリカネル伯爵をにらみつけ、ジゼレッタを背中に隠した。

「なんだ、この柄の悪い野良犬は」

男同士の剣呑なにらみあいに、ジゼレッタは血の気が引いていくのを感じていた。

ギレンディークを公式の場に出すため、体裁を整えることで頭がいっぱいだった。リリカネル伯爵と遭遇することなど、まったく想定していなかったのである。

ジゼレッタはあわててふたりの間に割って入った。

「リリカネル伯爵、こ、この方はハルバード公のご子息でいらっしゃいます！　私の婚約者です……！」

伯爵は、言われてぽかんと目を真ん丸にした。そして、自分より高い位置にあるギレンディークの顔を、忌々しそうにジロジロねめつける。

「ジゼレッタ、私の求愛を断るために、わざわざこんな野良犬を雇ったのですか？　私もずいぶんなめられたものだ」

「それはちが……っ」

野良犬ではなく野ザルである——そんなどうでもいいことを考えてしまったが、ギレンディークに肩をつかまれて、後ろに追いやられた。

「馴れ馴れしくジゼに話しかけんな、キザ野郎。ジゼに求愛？　こいつはオレの女だ。てめえみてえなスカした野郎は大っ嫌いだとさ。一昨日きやがれ」

「ギレンさまも、やめてください。伯爵、公子さまはご両親との再会を果たされ、当初のお約束どおり、私はこの方と結婚することになりました。ですから……」

「このように口汚く素行の悪い不良が、ハルバード公爵家の公子であるはずがないでしょう。大方、地位や財産、そしてジゼレッタ目当ての騙りです。ハルバード公もだまされているのでしょう」

「ジゼを呼び捨てにすんじゃねえ！」

決めつけられて困惑したが、広間にいる人々がバルコニーでの騒ぎを遠巻きに眺めていることに気づき、なんとかふたりを引き離そうとした。

「ね、他の招待客の方々もご心配そうですから」

ジゼレッタが必死に懇願すると、リリカネル伯爵がため息をついた。

「確かに、王妃陛下の舞踏会を台無しにするわけにはいきませんね。おい野良犬、顔を貸せ。人目のないところで話をつけよう」

「上等だ、キザ野郎。きっちりカタぁつけてやるよ」

踵を返したリリカネル伯爵は、今にも牙を剝きそうなギレンディークに顎をしゃくり、ついてくるよう合図する。

「ギレンさま、ダメです！」

あとに続こうとするギレンディークの腕をつかんで止めたが、やんわりと振り解かれてしまった。

「大丈夫だよ、ジゼ。せっかくの芝居をオレも台無しにしたくねえからな、お上品に話し合いしてくるだけだよ」

「そんなの絶対嘘です！　ギレンさま、お願いですからやめて、行かないで」

「信用ねえなあ。大丈夫だから、ジゼは中で待ってろ。すぐに迎えにくるよ」

「そうですよ、ジゼレッタ」

「だから、呼び捨てにすんじゃねえって言ってんだよ、クソ野郎」

すかさずギレンディークが抗議するが、それを無視して伯爵は穏やかに言った。

「まったく、野良犬はなんと下品な口を利くことか。紳士らしく話し合うだけですから、心配無用です。ここで揉める方が人目を引きます。あなたが広間に戻れば、人々も安心するでしょう。さあ、ご両親のところにおいでなさい」

やわらかく、でも口答えを許さない迫力のリリカネル伯爵に、ジゼレッタも引き下がるしかなくなった。

「わ、わかりました。でも絶対に、乱暴なことはしないでくださいね」

「しねえよ、絶対に」

「しませんよ、お約束します」

こうしてふたりの男は連れ立って、バルコニーから中庭に続く階段に向かったのだが、見送るジゼレッタには不安しかない。ついていこうと思ったが、「くるなよ」とギレンディークが振り返って釘を刺したので、そこで彼女の足は止まってしまった。

仕方なく広間に戻ると、両親の姿が目に入った。

ジゼレッタの両親は、末娘がハルバード公爵家に嫁入りが決定し、さぞ気が大きくなったのだろう。満面の笑みを浮かべて周囲と談笑していて、さっきの騒ぎには気づいていないようだ。

(よかった。でも、あのふたり、本当に大丈夫かしら……)

落ち着かない気分のままでは、両親の前に顔を出す気になれない。

結局、そわそわする気分を鎮めることができず、さんざん広間の中をぐるぐる歩き回った挙句に、ふたりが消えた階段へと足を向けた。

ギレンディークのあんなに怖い顔を見たのは初めてだ。言葉や行動は荒くても、いつも機嫌よく笑っている彼が、険しい顔をして今にも伯爵に飛びかかり殴りつけそうだった。

その場で殴らなかったのは、彼なりに自制した結果なのかもしれない。

うっかりしていたとはいえ、リリカネル伯爵のことを話しておかなかったのは、ジゼレッタのミスだ。彼らが鉢合わせしたときのことを、まったく想定していなかったのだから。

ギレンディークだって、知ってさえいれば、もうすこし落ち着いて対応して——

(——くれなかっただろうなぁ、ギレンさまだし……)

だが、話していなかったせいで余計にこじれたことは確かだろう。

ジゼレッタが階段を下りようとしたとき、中庭からギレンディークが戻ってくるのが見えた。

「ギレンさま！」

思わず小走りに階段を駆け下り、踊り場で彼をつかまえると、ジゼレッタはギレンディークの様子を――殴り合った形跡などがないか――観察した。

「ジゼ、待ってろって言ったのに」

「だって、落ち着いていられないんだもの。あの、大丈夫でした？　何も暴力などは……」

「なんもしてねえよ、話し合うだけっつったろ？」

そう言って苦笑する彼には、殴ったり殴られたりした怪我もないし、服装の乱れもうかがえない。

「それなら、いいのですが……」

いったい何を話し合って、どのような解決をみたのだろう。気にはなったが、どう探りを入れればいいのかわからなくて、口を噤むしかなかった。

「興ざめしちまったな。もう帰ろうぜ」

「もうですか？」

「挨拶はしたし、婚約者がいるって広まった途端、オレに興味なくした連中が大勢いるのは確認したしな！　いやぁ、ほんとに家に群がってくる連中っているんだなあ」

「いくら家柄がよくても、ご本人にその魅力がなければ人は集まってきませんよ。ギレンさまが素敵な紳士だったから……」

うっかり褒めてしまってから、ジゼレッタはあわてて言葉を呑み込んだ。だが案の定、ギレンディークは調子に乗って、指をパチンと鳴らした。

「おっ、ジゼからお褒めの言葉！　素敵な紳士？　ははっ、かゆくなるけど、ジゼにそう思わせたなら今日は大成功だな」

「物真似ではなく、地でそうなるといいのですけど！」

最大限の譲歩で認めると彼はすっかりご満悦で、ジゼレッタの肩を押して階段を上がりはじめた。

「しかしまあ、オレもこれ以上ここにいたら、ボロが出そうだしな。先帰るって父に言ってくるから、ジゼはここで待っててくれよ。すぐ戻るから」

ギレンディークは人の悪い笑顔をジゼレッタに向けると、颯爽と背筋を伸ばし、好青年を装って広間に戻っていった。

（外面のよさは文句ないわね……むしろ見習いたいくらいだわ）

案外、彼の方が貴族社会に向いているのではないだろうか。すくなくとも、人だかりを見るだけで気後れしてしまうジゼレッタには、とうてい真似できないのだから。

＊

一足先にハルバード邸に戻ると、早い帰宅に執事のラスタは驚いていたが、初めて貴族の集まりに顔を出したギレンディークを労い、紅茶の用意をしてくれた。

「伯母さまも一緒に連れて帰ってくればよかったかしら」

部屋着に着替え、ジゼレッタは居間の窓の向こうに目をやった。遠くに王城の尖塔が見えるのだ。

「父がいるから大丈夫だろ。ジゼは心配性だな」

「だといいのですが」

「それよりもジゼ」

ソファで紅茶を飲んでいたギレンディークは、カップをテーブルに戻すと、窓辺にいるジゼレッタの傍まで歩いた。

「今日はちゃんとできただろ？　当然、ご褒美もらえるよな！」

「う……」

これまでのアレが、素晴らしく見違えるほどの成果を上げたのだ。確かにご褒美を与えないわけにはいかないのだが……。

ジゼレッタが躊躇していると、気にせずギレンディークが彼女の顔に唇を寄せ、すべすべした頬を食む。

「あ、あの、ちょっと……」

「ご褒美だから」

そのうち頬だけではなく唇も甘噛みしてくる。手は腰に回され、ぐいと抱き寄せられた。

「ま、待って。調子、乗りすぎ！」

無遠慮に迫ってくるギレンディークの胸を押し返したが、ふいに彼の群青色の瞳が鋭くなった。突然の空気の変化で、肌に感じる温度が低くなった気がしたほどだ。

「――あのリリカネルって野郎、ジゼに求婚してたんだって？」

核心を突かれ、ジゼレッタの動きが止まった。やはりリリカネル伯爵の口から伝わっていたようだ。

「あ、その……求婚といっても、彼が勝手にそう言っていただけで、別に両親を通しての正式な申し出ではなかったので……困っていて」

「ふうん。じゃ、その迷惑を撃退するために、行方不明のアルロスを婚約者だと」

「……ごめんなさい」

婚約のそもそもの発端がそんな理由だと知れば、ギレンディークだっておもしろくはないだろう。

「じゃ、ジゼは別に俺と結婚する気はないってわけだ。あの野郎さえ撃退できれば」

「それは――」

うまい言葉がみつけられなくて言い淀んだ。

はじまりは確かにそんな理由だったが、結婚に対して後ろ向きなわけではない。

毎日一緒にいて、おかしな言葉の応酬を繰り返しているうちに距離は縮まったと思うし、それに——。

(ギレンさまのことは、好き、だと、思うし……)

ちらりとギレンディークの顔を見上げると、いつもはにこやかな彼の表情がなくなっていた。怒っている顔とも違い、いわゆる無表情というやつだ。

誤解させてしまっただろうか。いや、誤解もなにもこの状況は、結婚を望んでくれているギレンディークにしてみれば、おもしろくないどころの騒ぎではないだろう。自分との婚約をダシに使われたのだから。

「あの、ギレン……」

あわてて言い訳しようと顔を上げたが、途端にギレンディークの手がジゼレッタを抱き寄せ、有無を言わさず唇を重ねてきた。

身じろぎすることすら許されないように、力の入ったギレンディークの腕に囲われ、激しいくちづけに驚いて固まった。

そのまま背中を壁に押し付けられ、唾液があふれるような獣じみたキスに襲われる。両手首も捕らわれて、もろとも壁に固定されてしまった。

「ん――っ！」

舌を強引に絡められ、口の中を余すところなく舐られ、あふれそうになった唾液は飲み込まれる。

何度も何度も向きを変えながら、ありとあらゆるくちづけでジゼレッタの呼吸を乱すとやがて、ギレンディークは放心する彼女を強い目で見下ろした。

何かを言おうと思うのだが、頭がぼんやりしてしまって、口にすべき言葉が出てこない。ただ、嵐のような激情に巻き込まれてなす術もない、そんな状態だ。

その沈黙をもどかしく感じたのか、ギレンディークはくるおしくジゼレッタの身体を抱き上げた。くたりと力の抜けた身体が、彼に全体重を預けてしまう。

罪の意識か羞恥のせいか――顔を上げられず、ギレンディークの胸に顔を埋めるように隠すと、彼は無言のまま居間を出た。

「あー、ラスタさん。ジゼが寝ちまったから、部屋に連れてくわ。オレも今日は休むから」

「では、侍女を向かわせましょう」

「いいよ、寝かせるだけだから」

途中、ラスタと行き会ったが、そんなふうに言ってギレンディークは確実に人払いをしたと思う。

ふたたび無言になった彼が、一歩一歩踏みしめて階段を上がっていく足音が響く。

上に行けば行くほどジゼレッタの心臓が激しく鼓動し、ますます彼の胸に顔を埋めた。

たぶん、ジゼレッタの部屋がある三階を素通りし、ギレンディークの部屋がある四階へたどり着いたのだと思った。

扉が開き、閉じられる。そっと目を開けると、思った通りギレンディークの部屋だった。

室内はうすぼんやりした明かりだけが灯されている状態だ。

身体が宙に浮き、広すぎるベッドの上にそっと横たえられた。

大きく目を見開くと、不機嫌そうな顔をしたギレンディークがシャツの釦を外し、脱いだそれを床に投げ捨てるのを目撃してしまう。

やっぱり怒っている。弁解しなくては。でも、ジゼレッタが言い訳するより先に、彼女の上に半裸のギレンディークがまたがった。

「――あいつから逃げ回るために、俺の婚約者って名乗ってたんだ？　ってことは、用なしになったら俺との婚約も解消する気ってわけか」

「そんなつもりは……」

「ジゼはそれでうまくやったつもりかもしれねえけど、そうはさせねえからな」

彼の手が胸元の紐を解き、襟ぐりを大きく開いた。下着に包まれた胸がさらされ、ジゼレッタの濃紺の瞳が揺れる。

「貴族ってのは、テーソーが大事なんだろ？」

「て、貞操のこと……？」

「ってことは、今ここで俺のものにしちまえば、他の野郎のとこにはいけねえよな」

力任せに服を引き下ろされ、胸を隠す下着も剝ぎ取られた。けっこう装着するのも大変な下着なのに、脱がす手つきはあざやかだ。

「ま、待っ……」

「もう我慢はやめた。ひとりで悶々と慰めるのもやめだ。目的を果たしたら、ジゼは婚約なんぞ解消してオサラバするつもりだったかもしんねえけど、逃がす気はねえ」

あっという間に腰まで裸に剝かれ、あわてて胸を腕で隠せば、ギレンディークは邪魔が入らないのをいいことに、悠々と下半身の衣服も脱がしてしまった。

一糸まとわぬ状態にされたことが信じられなくて、言葉は出なかった。

大きな手が、ジゼレッタの細い腰のくびれを摑む。そうするとくすぐったくて、ようやく「ひっ」と声が出たが、緩んだ腕を摑まれて、そのままベッドに押しつけられていた。

ギレンディークの目に自分の裸の胸が映っている。

そうと知ると、恥ずかしくて泣きそうになるが、泣く間も与えられず、彼の唇がジゼレッタの淡い胸の頂点にくちづけ、尖ったそこを口で覆った。

「や……」

胸を咥えたギレンディークは、舌でそこを突っつき転がし、頬張るように口を動かす。

「いや……ギレンさま、やめて……」

生まれて初めて胸を嬲られ、怖くて涙が浮かぶ。でも、彼は聞く耳を持たずに反対の胸にも同じことをして、ふんわりしたジゼレッタの乳房を唾液でどろどろに穢した。

「あっ……」

「この身体は……おまえは他の野郎には渡さねえ」

「ち、違うの、ギレンさま……私は、そんなつもりじゃ」

「どんなつもりだろうと、どうでもいい。ここに来てから、どうやってジゼを犯してやろうか、毎晩そんな妄想ばっかしてたんだ。もうとっくに理性なんかキレてる——」

嗜虐的に笑い、怯えるジゼレッタの唇に食らいつくようなキスを繰り返す。息が苦しくなって喘げば、仰け反った喉元に唇で嚙みつかれ、肌がぞくぞく粟立つのを感じた。

何が起きているのか、すっかり混乱したジゼレッタには何もわからなかった。ただ、重なり合う部分がやたらと熱くて、そこから溶けてしまいそうだ。

獰猛なキスをする間に、彼の手はジゼレッタのやわらかな胸を握り潰し、そのふわふわした感触を味わいながら、掬い上げ、つまみ、指先で転がした。

「あ、あ——っ」

ギレンディークの腕をつかんで遠ざけようとするも、逆に手を取られて、頭の上で押さえつけられてしまう。

すると、あらわになった脇から胸にかけての線をぺろりと舐められて、悲鳴と一緒に涙が出た。

「いや……ギレンさま、こんなふうに、乱暴にされるのは、いやです……！」

ぽろぽろと涙がこぼれるのを止められず、ジゼレッタは泣いて訴えた。すると、彼女を押さえつけるギレンディークの手からわずかに力が抜ける。

「こ、婚約のことは、本当にごめんなさい。私は、伯爵の求婚がいやで……でもあんな女たらしの人に迫られてるなんて、誰にも相談できなくて、追い払うためにアルロスさまをダシにしたんです。だから、ギレンさまが怒るのは当然で、ごめんなさい……」

「……」

「でも、追い払ったら婚約をなしにするとか、そんなこと、考えたこともなかった。だって私たちは……っ、もう、誰もが認める婚約者同士です。ほ、本当のことを言うと、こんな粗雑な人と結婚するなんて――って、思ってたことも、あるけど……」

しゃくりあげながら、ジゼレッタはまっすぐギレンディークを見上げる。

「でも私――いつも笑っててくれるギレンさまが、やさしいギレンさまが、好きで……好きだから、結婚したいって思ってた……の」

いつの間にか自由になっていた手で、ジゼレッタはこぼれる涙を拭う。

でも、いくら拭っても後から後から大粒の涙があふれて止まらず、とうとう両手で顔を覆い隠してしまった。

すると、長い沈黙の中で、ギレンディークの手がジゼレッタの頭を撫でた。

「……悪い。ジゼがオレを利用しただけだと思ったら、だんだんムカッ腹が立ってきてしょうがなかった。でも、ごめん。好きな子を泣かすとか、ほんとオレは最低だ。ジゼ、ごめん。もうしないから、許してくれ。ごめん……」

困りきった声で繰り返し懇願される。ジゼレッタは大きく息を吸って、顔を覆っていた手をどけると、おずおずと上体を起こした。

「私こそ、ごめんなさい。最初からちゃんと話しておくべきだったのに……利用したって、思われても、仕方ないのに……」

しばらくふたりでペコペコ謝り合っていたが、目が合うと、どちらからともなく笑った。

「もうキリがねえから、謝るの終わり。痛み分け――っていうには、オレのほうが明らかに悪いけどな……」

ひとしきり己の頭に拳をぐりぐりと押し付けていた彼だが、ふいに顔を上げ、ニッと笑った。その笑顔に弱い自分を再認識する。

「けど、さっきオレのこと『好き』って言った？」

濡れたままの目で瞬きすると、勢いで告白してしまったことを思い出して、ジゼレッタはまた両手で顔を覆ってしまった。でも、ここでごまかすわけにはいかない。

恥ずかしかったが、結婚の意思があることをはっきり伝えておかなくては。

「言いました。私は、ギレンさまが好きです。だから、酒場のリディアさんのことはとってもも気がかりですし、私のほかにもギレンさまはきっと、こういうことを、してるんじゃないかって——思うと、複雑で……」

素直な気持ちを話していたら、もやもやしていた嫉妬心まで顔を覗かせてしまい、歯切れ悪くジゼレッタは言葉を切った。

彼の明るく人懐っこい性格からすれば、絶対に女性に好かれていたはずだ。口の悪さはおそらく、ミード界隈ではそれほど異質ではない。それに、ジゼレッタの服を脱がした手際のよさも、手慣れていると思わせるものがあった。

責めるつもりではないのだが、やはり気になってしまうのだ。

目を瞬かせてジゼレッタの言葉を聞いていたギレンディークだったが、頭を振った。

「いや、リディアのことは、ほんとになんでもないし。っていうか、あんなの日常の軽口なのに、そこまで気にされるなんて思わなかった。それに、ジゼを知らなかった頃のことを引っ張り出されても、オレにもどうしようもねえよ。だけどな」

ずいっとジゼレッタに顔を近づけると、ギレンディークの群青色の瞳が強く彼女を見た。

「今はジゼしか見てねえぞ！」

有無を言わさない勢いできっぱり断言され、ジゼレッタは小さくなった。つまらない嫉妬心を見せてしまったことを悔い、恥じるばかりだ。

でも、ギレンディークは怒ってはいなかった。むしろ、なぜかうれしそうににたにた笑い、ジゼレッタの顎に指をかける。

「ジゼがヤキモチ焼いてくれんの、すげーうれしい」

さっきまでの荒々しいキスではなく、やさしいくちづけが重なった。ふわりと包み込むような、やわらかさ。彼らしく、とてもしなやかだと思った。

だが、唇を離したギレンディークは深々とため息をつき、彼女の両肩に手を置いてうなだれる。

「しかし、ああクソ、目の前にこんなお宝ぶら下げられて、まだお預けか？　もう自分で抜くの、やなんだけど……」

身体中の空気を全部吐き出すような深いため息をつき、彼は頭をかきむしった。

「あ、あの……先日から気になっていたんですが、抜くって、なんですか？」

ギレンディークはちらりと天井の隅を見上げてから、視線を戻して神妙な顔をした。

「――ここはいつものお礼がてらにひとつ、ジゼに大人の講義をしようか」

きょとんとするジゼレッタに、ギレンディークは咳ばらいをして胡坐をかいた。

「男ってやつはな、好きな女の子がそりゃもうかわいくてかわいくて、すぐにでも自分のものにしたくなるわけだ。あわよくばその子の中に種付けしてやりてえって」

「そ、それは……」

まったく知識がないわけではないので、ギレンディークの言わんとしていることはわかった。でも、それと『抜く』がどうしても結びつかない。

「でもな、欲望のままに好きな子を押し倒すわけにはいかねえだろ？　いや、さっき押し倒したけど——それは置いといて」

不都合な事実を脇に押しやってから、ギレンディークははちきれんばかりに膨らんだ、己の下腹部を指さした。服の上からでもわかるほど、不自然に盛り上がっている。

さっきからその部分が目に入らないように視線を逸らしていたジゼレッタは、たちまち頬を赤くした。

「できれば、好きな子の中にコイツを挿れて、精を放ちたい。でもそういうわけにはいかないと理性が、状況が止める。しょーがねえから自分の手でこいつを慰めて、溜まった精を『抜いて』やるんだよ。じゃなきゃ、マジ、襲う。こんなかわいい胸とか、きれいなカラダをさっきから見せつけられて、ほんと、死にそう……」

「え——」

言われて、自分が全裸だったことを思い出したジゼレッタは、急いで胸を手で隠した。

そういえば昼間、ファルネス宰相から「下町育ちは手が早いから気をつけろ」と忠告されたばかりだ。

でも、理性と本能の板挟みになって頭を抱えているギレンディークを見ていたら、なんだか肩の力が抜けてしまった。

彼は必死になって本能に抗っているのだ。先日の雷雨の夜も、ぎりぎりのところで衝動を抑え込んでくれた。それもこれも、ジゼレッタのために。

「……大丈夫です」

ジゼレッタは左腕で胸を隠しながら、でも、おずおずと右手を彼の前にさしだした。

「あの、大丈夫です。我慢しなくても……私たち、結婚するんですよね。それなら、ギレンさまと……しても」

その瞬間だった。

ふいに視界が転がり、ギレンディークを見ていたはずのジゼレッタの視界には、薄暗い天井があった。

瞬きする間にギレンディークがのしかかり、彼女の耳元に低くささやく。

そのささやきが甘く掠れて聞こえたのは、気のせいだろうか。

「――ほんとに抱くぞ」

こくんとうなずいた。彼を本能の方に突き飛ばしたのは、ジゼレッタ自身だ。

ギレンディークは一度身を起こすと、ベルトを外して下衣を脱ぎ捨てた。その中心に、熱に滾ったものがそそり立っている。心なしか、以前見てしまったときより大きく感じた。

だが、恥ずかしいと目を逸らす暇もなかった。

彼女の上に重なったギレンディークに唇をさらわれ、これまで何度もされたとおり、口の中をたっぷり舐られる。

無我夢中に貪られ、その熱に当てられてジゼレッタもぼうっとしてしまうが、彼がまるで求めるように舌を絡めてくるので、それに応えて受け入れ、自分からも絡め返した。

すると、顔の横についていたギレンディークの右腕に力がこもる。その腕で身体を支えながら左手でジゼレッタの胸を揉みしだき、先刻の続きを再開した。

お互いに口は塞がっているが、乱れた呼吸音が響きわたり、舌を絡め合う淫らな音が耳を犯す。ジゼレッタの中からも、どんどん理性が失われていくようだった。

いつしか彼女も、ギレンディークのたくましい背中に腕を回し、抱きついていた。

分厚い身体と、しなやかな筋肉に鎧われた背中がたまらなく心地よくて、無意識に何度も撫でまわす。そのたびに、ギレンディークの呼吸が跳ね上がる気がした。

やがて、彼は本格的にジゼレッタの上にのしかかり、その重たい身体で押し潰してくる。でもその重みがひどく気持ちよくて、彼の両手が肌の上をやさしくなぞっていく感覚に身を震わせた。大きな手のひらで胸や背中を、腰を愛撫されると、身体の中から何かがあふれだしてくるようだ。

「ジゼ……かわいい」

思いつく限りの手管で彼女を翻弄したキスを中断すると、ギレンディークはささやきながらジゼレッタの肌にくちづけ、喉を食んで、乳房に舌を這わせる。

「は――ぁ、あ、ギレンさま……っ」

彼の呼気が肌に当たると、くすぐったくて顔を横に向けた。すると、耳の後ろを舐められ、「あんっ」と甘い悲鳴が勝手にあがる。

自分で制御できない感覚があちこちから湧き上がって、吐息が漏れた。

「ああ、ほんとにかわいい――もっと声聞かして」

背中を撫でていた彼の手が、腰をなぞり、お尻をやさしくつかむ。すると、彼の指がジゼレッタのお尻の割れ目に忍び込んできた。

「や、そこは――だめ！」

「わかってるよ。まず、基本から……」

後ろから伸ばされた指がお尻を伝い、やがて前側に到達した。

身体をギレンディークに抱きすくめられ、彼の胸に密着した状態のままなので、逃げることはできなかった。

指の腹で、下腹部をくりくりと回される感覚があった。小さな動きだったにもかかわらず、それを受けたジゼレッタの身体は大きく波打ち、きつくギレンディークの身体にしがみついてしまう。

無駄な肉が完璧に削ぎ落とされた肉体はどこか鋭利だが、広くてあたたかくて、初めての感覚に怯えるジゼレッタを、甘く受け止めてくれた。

「あぁ……っ、ギレンさま、これ、なに……」

秘裂の中に埋まっている種を揺り起こされて、目の前がチカチカするが、ギレンディークはその動きを止めることなくゆっくりと溝を伝い、ジゼレッタの中を確かめていく。

「ジゼの一番気持ちいいところ、探してる」

耳たぶを唇で引っ張られ、また耳の後ろ側を舌でなぞられた。すると、言葉にならない感覚に身体が芯から震えてしまう。

「は——ギレンさま、耳の後ろ、くすぐったいから……っ」

「感じるんだ？　もっと舐めたくなるな」

臀部から回した手で花芽を撫でられ、舌で耳の後ろをねっとりと舐められ、ジゼレッタは悲鳴をあげて身悶えた。

「や……はぁっ、いや……」

うまく言葉にならなくて、もどかしさを抱えたまま彼の胸に額を擦りつける。すると、ジゼレッタの身体を抱きしめる腕にまた力が入った。

ギレンディークもどこかもどかしそうに、彼女の肌を急いで愛撫する。

「ああ、もう！　どこからかわいがりゃいいのか、わかんねえ！」

叫ぶなり、ジゼレッタの身体を解放したギレンディークは、彼女の膝をつかんで折り曲げると、それを思いっきり左右に広げた。

「きゃ……！」

さっきまで脚を閉じた状態でゆるゆるとまさぐられていた秘裂が、今や彼の目の前に押し広げられ、丸見えだ。

しかも、ギレンディークに触れられている間じゅう、ずっとそこがずきずきと疼いていて、しっとり濡れてしまっている。

「見ちゃだめ……！」

あわてて膝を閉じようとしても、ギレンディークはそれを許してはくれず、ますます大きく開かされた。

「ジゼのここ、オレのこと誘ってんな。濡れ光ってて、すっげーいやらしい……」

「いやらしくなんて……！」

「かわいいってことだよ」

ふと片足が自由になったので、急いで隠そうとしたが、それよりも先に彼の指が大きく開かれた割れ目の中を乱していく。

「——っ！」

声音のない悲鳴が漏れて、ジゼレッタが硬直した。その様子を確かめながら、ギレンディークの指が溝に沿って深くもぐりこみ、すこしだけ力をこめて動かしはじめる。

「ひ……ぁ……やっ、あぁあっ」

擦られていくと、どんどんそこが濡れていくのが自分でもわかる。にちゃにちゃと音がして、彼の指の滑りをよくしていくのだ。

これでは本当に、ギレンディークを誘っているようではないか……。

でも、たまらなく気持ちいい。声が漏れてしまうほどに強い刺激は、繰り返されていくうちに、どんどん心地よく感じられる。

いつしか、のしかかる男の舌で胸を咥えられたり、鎖骨を舐められたりしながら、秘裂からあふれだす快感に酔い、甘い悲鳴をあげて腰を揺さぶっていた。

指に犯されている場所がズキンズキンと脈打つ。そこにある小さなふくらみを指先で押し潰されると愉悦が全身に広がり、肌に汗がにじんだ。

「ああ――ギレンさま……っ、ギレンさまぁ……っ」

彼の首に腕を回し、必死にしがみつく。すると、指の角度が変わり、熱く疼くジゼレッタの身体の中に、それがずぶずぶと埋め込まれはじめた。

びくんっと身体が反応するが、ギレンディークの唇が宥めるようにジゼレッタの頬をなぞっていく。

「そろそろギレンって呼んでくれよ。オレたち、これ以上ないくらい親しくなっただろ?」

内緒話をするように耳元で言われて、ジゼレッタはどきどきしながら彼の目を見た。

「……ギレン」

頬を真っ赤にして呼ぶと、彼はくすぐったそうに笑い、感極まったキスをジゼレッタの唇に重ねた。

「もっと力、抜いて——ジゼのここに、オレを入らせて」

一度抜いた指で入口をゆるゆると撫でられ、ついでにぷっくりとふくらんだ花蕾をつつかれる。ジゼレッタは言われたとおりに力を抜こうとするのだが、剥き出しの性感帯を愛撫されて、とても力など抜けそうになかった。

「あ——あ——ッ」

ふたたび指が中に分け入る。力は入っておらず、ジゼレッタの中が拒否する場所までしかもぐらない。

身体が自然と受け入れる深さまで、やさしく貫かれて愛撫を繰り返されるうち、やがて深い部分に到達した感覚があった。

「指、根元まで入った」

ジゼレッタの肌に吸いついていた唇を離し、睫毛を震わせる娘の顔を見下ろしたギレンディークは、目を細めて笑った。

「ジゼの中、熱いな……」

体内で指を動かされると、ねばつく音が耳をつく。この感覚をどう言い表せばいいのか、ジゼレッタは困惑しきって眉を寄せた。

異物が体内に入り込んでいるのはわかるが、どこか鈍くて他人事のようにも感じられる。

「何がどうなっているのか、よくわかりません……」

「初めてだからな。ここはいっぱいオレが撫でてやれば、そのうち気持ちよくなる。どうなってるのか見てみる？」

当然、ご遠慮申し上げたいところだが、彼の力強い腕が有無を言わさずジゼレッタの背中を抱き起こした。

膝を立てて座った状態のジゼレッタの下腹部に、ギレンディークの指が突き刺さっている……。

彼女は我が目を疑い、じっとそれを見下ろしていたが、しっとりと濡れたギレンディークの指がいやらしく動き、淫らに濡れ光る粘膜をぐちぐちとかき回しているのを見て、卒倒しそうになった。

「うそ……うそ……」

目を離したいのに、視線が吸い寄せられたように凝視してしまう。

「ここが今のとこ、ジゼの一番いいところだな」

彼はもう一方の手で、ぱっくり開いた秘裂の中にある、赤く充血した粒を露出させると、ジゼレッタに見せつけながら指先で押し潰した。

「あぁっ！」

目がくらむ強い快感に襲われ、身体の後ろに手をついて仰け反った。

するとランプの小さな明かりが、喉を反らして喘ぐジゼレッタの姿を浮かび上がらせる。可憐な乳房を揺らし、小さく悶える彼女は、ギレンディークの征服欲を多分に刺激していた。

膣に埋め込んでいた指を抜き、小柄な身体を性急にベッドに横たえると、張りつめている男根をジゼレッタの中に突き立てようとする。

「あっ、あ――」

「もう我慢できない……ジゼの中で、鎮めてくれよ」

指と同じように何度も抜き挿しを繰り返し、彼女の身体が自然と受け入れる場所まで入っていく。でも、指とは太さも硬さもまるで違う男性器は、ジゼレッタの中を削り取るみたいに鋭く穿ち、ズキッとした目の覚める痛みをもたらした。

痛みと緊張のせいか、呼吸が細切れになっていく。ジゼレッタの全身は汗でしっとり濡れ、ギレンディークが覆いかぶさって触れる場所からは、汗が伝って流れ落ちる。

それから、息が絶え絶えになるほどの長い時間、ギレンディークに挿入されたまま身体を隅々まで愛撫された。

彼の楔が打ち込まれていくのを、途中までは感じていた。でも、かすかな痛みと、それを上回る愛撫での激しい快感に酔い、いつ彼の全部で貫かれたのかはわからなかった。

気がつけば深い場所でつながりあって、大きな手で全身に触れられる心地よさに嬌声をあげ、夢中になって彼の唇に吸いついていたのだ。

「ふ……ぅうっ……」

唾液がこぼれるたびに、ギレンディークの舌がそれを舐めとる。そのまま喉に舌が這い、肌が粟立ったら、つながりあう下腹部を深く押し込まれる。痛みを感じると、それを隠すために、快感だけを得る蕾を刺激され、たちまちのぼりつめた。

「あぁっ、ギレン……わた、し……」

絶え間ない快感を与えられて、身体がおかしくなってきた。輪郭がふやけて、このままどろどろと溶けてしまいそうな感覚に陥る。

そして、たっぷりの愛撫を受けた身体は、どこに触れられても――息を吹きかけられてさえびくびくわななき、小さな絶頂感に捕らわれるようになっていた。

悲鳴をあげすぎて、喉がカラカラだ。でも、全身がふやけるほどにていねいに撫でられ、耳元で甘くささやかれると、また快感が突き抜ける。

「気持ちよすぎて……だめ……」

うわごとのようにつぶやけば、髪を梳かれてくちづけが降ってくる。

「そんなに気持ちいいのか？」

とろんとした目で見上げてうなずくと、ギレンディークはうれしそうに口許を綻ばせ、目を細めた。

「もう、動いて平気か？　だいぶオレに馴染んだよな」

どのくらいかわからないが、小一時間くらいは彼につながれたまま愛されていたのではないだろうか。もうとっくに痛みなど摩滅(まめつ)している。

どう答えればいいのだろうとぼんやり考えたが、働きの鈍くなった頭では、正解を導き出すことはできなかった。

ややあって、彼が上体を起こした気がした。ゆっくり視線を移すと、ジゼレッタの膝をつかんでまた左右に大きく開かせている。

今度は指ではなく、あの大きくて自己主張の凄まじく激しいものが、ジゼレッタの中に収まり返っているのだ。

その様子を想像すると、いてもたってもいられない気がするが、疲れ切った身体では抵抗する気にもならなくて、じっとギレンディークがすることを待っていた。

彼女の膝を抱えたギレンディークが、そっと腰を動かしはじめる。すると、静かに彼女の体内に収まっていた肉塊が、内側の襞を擦った。

「あ……」

まだ、中の感覚は鈍いままだ。でも、熱い塊を抜き挿しされると、落ち着かない気持ちになって身体をゆすってしまう。

そして、腰を突き入れるたびに、ギレンディークの眉間には深い皺が刻まれていく。ときどき深い吐息をついて、身体の内側にこもった熱を追い出しているように見えた。

「背筋が寒くなるくらい気持ちいいな、ジゼ……」

突き入れるだけではなく、時折ゆっくり腰をくゆらせて、別の角度からジゼレッタの中を抉る。最奥を突かれると、中から流れてくる愛液がぐちゅんっと音を立ててあふれた。

「ひぁっ」

瞬間的に絶頂に似た感覚に襲われ、ジゼレッタは目を剝いたが、彼は満足げに笑う。

「ああ、いい音出てきたな」

大きく息をついたギレンディークは、膝をついて彼女の膝を抱え直すと、深く穿ったままの楔をかき回しはじめた。

「や――ギレン……っ」

あらゆる方向を刺激され、ジゼレッタの額に汗が浮かぶ。

ゆっくり深く挿入されたと思ったら、今度は小刻みに身体をゆさぶられ、ぐちゅぐちゅと音が立つとひときわ激しく中を乱された。

「はぁっ、いや……あぁんッ」

喉を反らして喘げば、彼は調子にのってどんどん淫らな音を立てた。

「言ったろ？　かき回すときは、音を立てて激しくするといいって」

「――！」

出会ったばかりの頃、砂糖を入れた紅茶をかき回す際に注文をつけたら、確かに彼はそんなことを言っていた……。

「ギレンは、破廉恥だわ！」

おかしそうに笑われたが、怒る気にならなかった。彼のたくましい熱に貫かれてかき回されているうちに、内側から何かがこみあげてきたのだ。

やがて、ギレンディークは彼女の顔の横に手をつき、じっくり感覚を植えつけるように何度もジゼレッタの中を刺し貫いた。

「あ、あ……っ、熱い……」

「ジゼ――」

目を閉じ、ギレンディークは眉間の皺をますます深くして、彼女の快楽を呼び覚まそうと躍起になる。

「や――ギレン、いやっ、あぁっ、だめ――！」

絶頂を迎えようとしているジゼレッタの中がきつく締まり、ギレンディークを中に引き込んでいく。

熱が上がるたびに彼女の口からはすすり泣きに似た悲鳴が漏れ、そこにギレンディークの低く呻く声が重なる。

やがて、擦られすぎて、焼き切れるほどの熱がそこに灯った。

「ああ、ぁあ――っ」

ギレンディークの背中にしがみつき、身体を仰け反らせて身体の芯から広がる快感に身を委ねる。その最中に、中に咥え込んでいたギレンディークの楔がずるりと引き抜かれ、ジゼレッタに最後の快感を与えた。

一瞬遅れて、ギレンディークが深い吐息をつく。

全身で呼吸をしながら茫然とするジゼレッタの腹部に、熱いものが降りかかってきた。目だけを動かして確かめてみると、彼女の脚の間にうずくまっているギレンディークの生々しい男性器から、白濁した粘液が吐き出されているのだ。

すべて出し切ると、彼は深いため息をついて、ジゼレッタの胸の間に顔をうずめて動かなくなった。

ふたりの荒い呼吸音だけが、静まり返った室内に響く。だが、先に我に返ったギレンディークが、意識がそぞろになった彼女の頬にくちづけ、のろのろと身を起こした。

そして……。

「あー、最高……！」

控えめだったが、快哉を叫んでジゼレッタの隣に倒れ込んだ。

またしばらく呼吸を整えるために静かになったギレンディークだが、落ち着きを取り戻すとガバっと起き上がり、己の精液で汚れたジゼレッタの腹部を拭った。

されるがままの彼女は、まだ茫然自失から抜け出せずにいる。

初めての濃密な交わりに、意識が追いつかない。ずっと身体中をまさぐられ、未知の領域を切り開かれ、喘がされたままだったのだ。

呼吸が落ち着いてきても身体は疲れ切っていて、指一本動かしたくなかったし、苦しいほどの甘い快感の名残が身体の深くにたゆたったまま、抜けきらなかった。

身体の上に毛布をかけられ、隣に寄り添うギレンディークの胸に抱き寄せられたら、あたたかさのせいか、急に眠たくなってくる。

ギレンディークがずっと耳元で彼女の名前を呼び、「かわいい」とつぶやいているのは聞こえていた。

そして、熱心に頬や唇、額など、このままの体勢で届く範囲のあらゆる部分にくちづけているのを感じながら、瞼(まぶた)の重さに耐えきれなくなって、そのまま意識を閉ざした。

＊

ずっしりと身体が重くて、夢も見ずに眠っていたわりにひどく疲れ切っていた。

寝返りを打って反対向きになると、誰かに肩をつかまれて、ころんとまた同じ方向に戻された。

邪魔されて無意識下に苛立ちを覚え、ジゼレッタはふたたび寝返りを打つ。すると、またしても元に戻され、ぎゅうっと閉じ込められた。

「もうっ、何するのよ！」

半分だけ目を開け、きつく自分の身体を拘束しているものから逃れるべく腕を伸ばした。でも、それはびくとも動かなくて、ジゼレッタが抵抗するとますます力を強めてくる。

「苦し……」

そこでようやく目を覚ましたが、視界に入ったのは若い男の裸身だった。くっきり浮き出た鎖骨と喉仏、たくさん鍛えてある筋肉質な広い胸。

ジゼレッタは裸の男に抱きすくめられながら眠っていたのだ。

「は……？」

一瞬、自分の置かれている状況が理解できなくて瞬きをした。

だが、彼女を抱きしめたますやすや眠っているギレンディークの顔を見上げていたら、堰き止められていた記憶が総崩れを起こして、ジゼレッタの中に次々と、受け止めきれないほどの勢いでよみがえってきた。

昨晩、ギレンディークと、夫婦がすることをしてしまった──！

「──っ！」

混乱して、彼の腕から逃げ出そうと暴れるが、ジゼレッタの腰と背中に回された彼の腕にがっちりと固定されていて、放してもらえなかった。

「うそ──！　あんなこと……！」

閨事など知識程度しか知らなかったが、昨晩のあれが『夜の営み』と言われるものなのだろうか。その証拠に、お腹の奥のほうに鈍い痛みが残されていた。

ギレンディークのあの──自己主張の激しいものを脚の間に突き立てられて……そういえば今も、ジゼレッタの腿に硬い異物が当たっている感覚がある……。

しかも、布越しとかではなくて、直に。

もう一生、彼と顔を合わせたくないと思った。

なんとかギレンディークが目を覚ます前に、ここから脱出しようと試みたが、じたばた暴れているうちに起こしてしまったようだ。

「ジゼ……！」

目を覚ましたギレンディークは、腕の中にいる婚約者に気がつくと、遠慮なく抱きしめ、首筋に顔を突っ込んできた。

「ひっ……」

けてくるのだ。

「昨夜はめちゃくちゃかわいかった！　今もやばいくらいかわいいな！」

「お、お願いですから、放してください……！　や、ちょっと、押しつけないで……」

彼がやたらとじゃれつきながら、存在感の強い男性のアレをジゼレッタの太腿に擦りつけてくるのだ。

するとなぜかさっきよりも硬く、熱くなっていく気がした。

「ずっと妄想でしか抱けなかったジゼを、ようやく抱けた！　この喜びがわかるか!?」

「ようやくって……婚約してから一ヶ月も経ってないのに、世の男性はそんなに我慢が利かないものなんですか!?」

首筋に食らいついてくる、盛りのついた野ザルを引き剝がして怒ったが、彼の顎まわりにうっすらと髭が生えているのが見えて、ジゼレッタはあわてて目を逸らした。

昨晩から生々しい男性の生態をいっぺんに見せつけられて、心の処理が追いつかない。

「一つ屋根の下だぞ。腹減ってんのに、目の前に好物を置かれてずっとお預けって、考えてもみろよ。ひでえ拷問だぜ。それに、オレたちを見守ってる神サマがいるとしたら、多分ずっともだもだしてたと思うぞ？　早くくっつけよって」

「そんな神さま、いません！　だって、本来は神さまの前で誓い合うまでは、こんなことしな――」

「野ザルにはお預けが長すぎたから、もすこし……」

いきなり声を落としたギレンディークに不穏なものを感じた瞬間、ジゼレッタの秘裂に指が挿し込まれた。

あっと思ったときには、昨晩の名残でしっとり濡れたままの割れ目の中を、じっくり舐るような手つきで触れられていたのだ。

「あ……ぁあ……っ」

ギレンディークの肩をつかんで、必死に押しのけようとする。でも、ねっとりと快感の粒を押し潰されているうちに、抵抗するための力は入らなくなった。

やがて身を起こしたギレンディークは、感じずにはいられない場所を甘く責めたてられて喘ぐジゼレッタにくちづけてから、敏感にすぼまった胸の頂を舌で転がしはじめた。

「だめ……朝なのに、こんなことは――っ」

「朝も夜も関係ねえよ。好きな女の子には、いつだってぶっぱなしてぇもん」

「ぶっ、ぱ……？　んぁあっ、だめぇ……っ」

脚を広げられて、カーテン越しに射し込む陽光の下に、愛液に満たされた割れ目をさらされてしまう。

恥ずかしい、でも気持ちいい。昨晩初めて知った快感を忘れないよう、身体に刻み込まれている気がした。

乱れるジゼレッタの中に、ギレンディークはまた指を挿し入れる。しかも、二本。

挿入されて膣の中を指の腹で擦られて、腰が浮いた。声をあげそうになるが、もう朝なのだ。もしかしたら近くに使用人がいるかもしれない。

もし、聞かれてしまったら……起こしに来たら！

だが、そんな不安も、指でかき回されている場所からねばついた音が立ちはじめた途端、いっぺんに吹き飛んだ。

中をぐちゅぐちゅと乱し、彼の手や唇は身体中の至るところを愛撫していく。熱い手が肌の上を這いまわると、背筋が震えた。

「やぁぁ……ああ、ふあぁ――」

理性の飛んだ甘えた声をあげながら、彼の身体に抱きつき、開いた脚を彼の脚に絡みつかせる。全部、無意識だ。それもこれも、何かにしがみついていないと、激しい悦楽の波にさらわれてしまいそうで。

「ああ――愛しいなぁ……」

しみじみとギレンディークは言い、指を抜いて舐めとった。その代わりに、昂ぶり、血管が浮いた熱い肉塊を蜜のあふれだす孔に宛がうと、一気に埋没させる。

ミシミシ――ッ、そんな音が聞こえてくる気がした。

十分に濡れそぼってはいたが、まだ彼女の中は硬く、ギレンディークの欲望をかんたんに呑み込むほどには慣れていない。

「い、たぁ……」

昨晩はしつこいほどの愛撫で痛みを紛らわされていたが、今朝はひどく性急だった。そのせいか、明確な痛みが身体を突き抜けていく。

「ごめん……昨日より、我慢利かねえ……」

息を乱すギレンディークは、身体の下で悶えるジゼレッタの前髪をかきあげ、額に何度もキスを落とし、たゆんと揺れる胸を両手に収めながら、彼女の中を重たく往復させた。

「ふぁ……あぁ……」

ズキンとした痛みを感じて眉根が寄るが、キスも愛撫も気持ちよくて、無意識のままにギレンディークの首筋や肩、鎖骨を手のひらでさわっていた。

自分の身体にはない厚みや硬さ。ひどく熱く感じる体温。彼の身体から立ちのぼる匂い、耳をくすぐる吐息。

ふと目を開け、ギレンディークが無我夢中になって自分を貪る顔をみつめたら、きゅうっと胸が締めつけられた。

野ザルって思ってたのに。詐欺師って思ったのに。

「ギレン――好き……」

衝動のままに抱きついて彼の頬にキスをする。途端に動きが止まって、目を真ん丸にしたギレンディークと目が合った。

「やべえ、ジゼ。今ので即イキそう……！」

天を仰いだギレンディークは、身体を起こすなり彼女の腰の下にクッションを入れた。局部が丸見えになってしまいあわてたが、そのままジゼレッタの膝を折り曲げると、真上から突き込むように中を抉りはじめた。

「んぁあ、あっ、ギレン、ゆっく、り、して……っ」

「ムリムリ！　ジゼが火ィ点けたんだからな！　あああっ、かわいすぎるだろうがっ！」

怒ってるのかなんなのかわからない言い種で、ギレンディークは重たくジゼレッタの中を往復する。そのたびに腰に衝撃が響き、あらぬ角度を擦られて、痛みと快感が綯い交ぜになった。

「ああああもう、気持ちいい!!」

やけくそのように叫んだギレンディークに、ぎゅっと抱きしめられた。同時に、ジゼレッタに打ち込まれた楔が最奥に到達する。

「あ――また、変なの……」

意識が遠のく感覚が、深く結ばれた場所から広がっていく。

――不慣れな彼女の身体に、盛りのついた野ザルの相手は少々荷が勝ちすぎたようだ。

自分から彼に愛をささやくのは、控えめにしよう……そう誓うことになった。

第五章　誘拐事件の真相

王妃主催の舞踏会で、ハルバード公爵家の公子がお披露目されて以降、ギレンディーク宛に夜会や舞踏会、お茶会などの招待状が続々と舞い込みはじめた。

小規模の会ではかえってボロが出やすいだろうと、参加する夜会は規模の大きいものばかりをジゼレッタが狙って選ぶ。

欠席の返事には、まだ親子水入らずで過ごしたいので――という特別な事情を綴って、同情心に訴える作戦である。

元々、不遇の事件があったせいで、ハルバード公夫妻はあちらこちらに積極的に出かけていくことがなく、自邸への招待はシーズン中に一度くらいだ。

ただ今年は、ギレンディークの帰還という大きな吉事があり、婚約も整った。シーズンの終わり頃には結婚式と、大々的な披露パーティを行う予定だそうだ。

「ほんと、ジゼはマメだなー。それとも心配性？」

いつもの中庭の席で隣り合って座りながら、招待状を整理するジゼレッタにやたらとまとわりつくギレンディークは、感心して言った。

「それもこれも、ギレンさまが真面目にやってくれないからですよ。毎度あんなごまかしが利くと思ったら、大間違いです。というか常々疑問なのですが、どうして私の前では、いつもそんなに大雑把なんですか？」

ふつう、好きな相手の前では、自分をよく見せようとするものではないのだろうか。

「あんな恥ずかしい真似、オレにしてみりゃただのサル芝居だ」

「おサルはギレンさまでしょう」

「そんなの」

つんとするジゼレッタの顔を下から覗き込み、ギレンディークは大変魅力的な笑顔を作って言った。

「決まってんじゃん。ジゼの前で取り繕いたくねえからだよ」

「――――」

そんなの反則技だ。

心の中で呟いて、顔が赤くならないようにギレンディークの顔から目を逸らした。

でも、ジゼレッタの内心などお見通しなのだろう。無視されたのに、ギレンディークは機嫌よく笑って彼女の頬にキスした。

身体が結ばれて以来、ギレンディークの愛情表現がやたらと過多になった。両親の前でも構わずキスするし、むやみにふれあいたがるし、隙あらばジゼレッタを抱き上げてお姫さま扱いしたがる。

あの夜から朝にかけてのことは、家人にはなんとかごまかせたと思っていたのだが、ふたりを見る家人たちのにこにこ顔からすると、実際は全部バレバレなのではないだろうか……そんなふうに思えてきたところだ。

結婚式の日取りも決まったし、ギレンディークにしてみれば今さら隠す必要もないのかもしれないが、一応、結婚までは清い身体でいるという貴族社会の暗黙の了解がある。しかし、彼を息子として迎え入れたハルバード公夫妻が、婚約者とはいえ、未婚の男女をあえて同じ邸に住まわせているのだ。

もしかしたら、ジゼレッタという餌を使って、ギレンディークをハルバード家に留めるための、夫妻の作戦だったのではないだろうか……。

脳内で創作した陰謀論に納得しかけたジゼレッタの顔を、ギレンディークがまた覗き込んできた。

「どうした？　難しい顔して」

「え、いいえ、なんでも。そういえば、昨日はおひとりでミードにお出かけだったようですけど、何か楽しいことでもありましたか？」

「……言い方に険があるな。一緒に行きたかった？」

「別に。ただ、珍しいなと思っただけです」

昨日の昼食後、ジゼレッタの知らない間に彼がひとりで出かけてしまったので、実はちょっとだけむくれていた。しかし、それではまるで、自分が置いていかれて拗ねているみたいに思えたから、昨日は何も言わずにおいたのだ。

でも、どこで何をしていたのか、実際はとっても気にしていたのである。話題を変えるつもりで、ついわだかまりを口にしてしまった。

「はは、また一緒に行こうな。今度は屋台の端から端まで制覇しようぜ」

そう言われて気をよくする自分が、すこし滑稽だ。でも、ミードで過ごした一日は楽しかったし、あれからずっと、ギレンディークに買ってもらった髪留めをつけている。

「昨日はさ……メディット——衛兵隊のダチに呼ばれてて」

「ああ、あの身体の大きな方？」

彼の友人はみんな大柄だから、顔は思い出せなくても、外れではないだろう。

しかし、どこか歯切れの悪いギレンディークだ。言いにくそうに視線をさまよわせたが、ジゼレッタと目が合うと、腹を決めたように言った。

「ジゼさ、あの夜の馬車の事故、詳しく状況覚えてる？」

ギレンディークがハルバード公爵家に帰ってくるきっかけとなった、あの事故のことだ。

「詳しく？　ええと、一ヶ月も前のことだからすこしうろ覚えだけど。あの日は伯母さまと一緒に先に帰宅する途中で、事故が起きたときは……確か、石か何かに車輪が乗り上げた感じがしました。その直後に何かが折れるみたいな音がして、車輪が外れたんだと思ったのを覚えてます。でも、そこから先のことは、あまり記憶になくて……」

「石に乗り上げた……」

「それがどうかしました？」

いつになくギレンディークが神妙な顔をするから、胸騒ぎを感じてしまう。

「事故を起こした馬車、人死にがなかったせいか、例の誘拐事件でバタバタしてるうちに放っとかれてたらしくてさ。やっと調査が終わったのが先週で、オレのとこに話がきたのが昨日。父も、オレが帰ってきたことに浮かれてて、そっちの調査のことなんかコロッと忘れてたみてーだし」

「原因がわかったんですか？」

「ああ。車軸がボッキリいってた。整備の悪い馬車ならときたまあるこったが、公爵家の馬車だろ？　傷みはなく、折れた断面がきれいにまっすぐだった」

あまりその手の話には詳しくないので、ジゼレッタは首を傾げた。

「つまり、自然に折れるほど腐食してたなら、錆びて変色してるもんだろ。でも、傷ひとつなく新品みたいにぴかぴかだった。まるで、あらかじめ切り込みが入っていたみたいに」

「……待って、人為的な仕掛けだった、ということ？」

「衛兵隊はそう結論づけたようだな。誰がやったのか、何の目的だったのかはわからねえが、よからぬ企みをしてる奴がどっかにいるってわけだ。狙いは父か母か……」

「一歩間違ったら、命を落としていた可能性があったのに……！」

青ざめて震える唇を噛んだら、ギレンディークの胸に抱き寄せられた。

「あー、やっぱ言わなきゃよかった」

「……もしかして、私が怖がると思ったから、昨日のことを何も言わなかったんですか？」

「そりゃ無駄な心配させたくねえもん。まあでも、内緒にしとくと余計にこじれることがあるってのは、オレも学習した」

リリカネル伯爵に求婚されていることを伏せていたせいで、多少揉めたのは最近のことである。最初に内緒ごとをしたジゼレッタは、しゅんとうなだれた。

「でも、母には秘密にしといてくれよ」

あまり身体が丈夫ではない母親に、余計な心配をさせたくないのだろう。

ジゼレッタはギレンディークにもたせかけていた身体を起こし、彼の引き締まった頰に手を当てた。

「私は大丈夫。伯母さまにも言わないわ。でも、それなら犯人を捕まえないと」

「その辺は、父から騎士団に話を通してるだろうから、ジゼがそう躍起になることはねーよ。ただ、気になることがあってな。オレは事故の後で一緒にこっち来ちまったが、グレドとメディットが現場調査したんだ。あの道は石畳が整備されてるし、カセド神殿の目の前……ってことは、信心深い神殿のみなさまが毎日せっせと掃除してくれてる。石だのなんだの、通行の邪魔になるような物は何にもなかった」

そう言われて、自分の記憶違いだろうかと事故のことを思い出す。でも、確かに何かに乗り上げるような衝撃はあったはずだ。

「事故の弾みで、どこかに飛ばされてしまったのでは？　夜だったし、見逃した可能性も」

「ふつうはそう思うよな。だから、明るくなってからすぐ衛兵隊で再調査したが、何も出なかった。車輪が外れて石畳に傷がついてた場所があったから、その手前からだいぶ調べたらしいが、やっぱり何もなかったそうだ」

「じゃあ、私の記憶違いかも……」

そう言われると、どんどん自信がなくなってしまう。

「別にジゼを疑ってるわけじゃねえよ。でもよ、もし人為的な事故だとしたら、あらかじめ車軸に傷を入れておいて、とどめを刺すように大きな石か何かを道端に転がしておく。できなくはないと思わねえか？」

「でも、何もなかったんでしょう？」

「事故直後に回収したとしたら？」

これにはあんぐり口を開けるしかなかった。

「よ、よく話が見えないのですが、犯人がそこにいて、証拠を持ち去った？　でも、誰が」

「事故が起きて、真っ先に駆けつけたのは誰だったっけな」

「……カセド神殿の、司祭さま方ですよ？　カセド神は病の快癒を願う神さまですよね」

まさか、と笑おうとしたが、ギレンディークはまったくにこりともしていない。むしろ、どことなく厳しい表情でジゼレッタの目を見た。

「カセド神教はオレたちが生まれるより前にはあったから、昔ながらだと思うだろ？　けど実際は、三十年にも満たない新興宗教だ。あそこがどうにも胡散臭いのは、衛兵隊の間じゃ周知の事実だしな。んで、これは父に聞いた話だが、カセド神教が王都に流行り出した当時、父は王国騎士団の結構なお偉いさんだったらしくて、なんかくせぇ新興宗教に探りを入れてたそうだ。狂信的な信者が多くて、当時は王都の方々で騒ぎを起こしてたみてえで。で、王都で子供がさらわれる事件が起きはじめたのも、その前後だっていうから、腹は真っ黒だ」

思ってもみなかったきな臭い話に、ジゼレッタは息を呑んだ。

「でも、証拠はなんにもねえ。消えた子供が国内で見つかった例はないし、事件とカセド神殿を結びつけるものも」

どこか深刻な顔をしたギレンディークが、ジゼレッタの下ろしたままだった琥珀色の髪を手に取り、手の中に収める。

「あやしいというだけでは、どうしようもないのでしょう？」

「そうなんだよな。ああ、悪いな、こんなことジゼに言ったってしょうがねえのに。事故と誘拐事件も、別に関連が見つかったわけじゃねーし」

結局、彼がうやむやのままこの話題を終わらせてしまったので、ジゼレッタもそれ以上は何も言えなかった。

「で、次はどこの舞踏会に行くんだ？」

「三日後の――レムシード女公爵さまのお邸……。デリナさまは伯父さまの従妹だから、断るのが難しくて」

妻に不快な思いをさせないためか、伯父はいつも彼女からの招待には丁寧な断りの返事を出すのだが、今回はギレンディーク宛の招待状だ。断る理由がない。

「ああ、あの色気でムンムンのオネーサマか」

「……ムンムン？」

耳慣れぬ表現が気にはなったが、それよりも出かけていく先が問題だ。

レムシード女公爵デリナに関する噂は、それこそ証拠なきこととして、ギレンディークの耳には入れていない。でも、招待客の多くが知るところだ。デリナの指示で誘拐されたと噂されるギレンディークが、容疑者当人の招きに応じたとあらば、人々の好奇の目にさらされるのは必定だろう。

「あの、ギレン。デリナさまのところへ行く前に、すこしお耳に入れておきたいことがあります」

ギレンディークをさらったのは、デリナの元侍女だったこと。デリナはかつてルスラムと恋人同士だったこと。証拠はないが、デリナが元恋人の子息を誘拐させたのではないか——そういう噂が宮廷に広がっていること。

証拠はないということを強調しつつも、ジゼレッタでさえ知っている不穏な噂をギレンディークに話して聞かせた。

「ふーん……」

ギレンディークとしては、それ以上に言いようもないのだろう。誘拐された当時のことなんて、覚えているはずもないのだから。

「あなたの誘拐がデリナさまの指示だったと信じているわけではありませんが、宮廷に出入りしている人なら、一度は聞いたことのある噂です。デリナさまのお邸の舞踏会に出向いたら、きっと気にする人たちがいると思うから、心構えだけは持っておいてほしくて」

「なるほど、了解。しかし、父もやるなあ。あんな美人となあ……」

遠くに目をやったギレンディークがふふっと笑ったので、反射的にむっとした。きっと、デリナの美しさを思い出してにやけたのだろう。

「……ギレンは、ああいう方のほうがお好みですか？」

妖艶でどこか秘密めいていて、みつめられれば女のジゼレッタだってどぎまぎしてしまう。ギレンディークがそう思うのも無理はないのだが！

あの美貌の女性も、リリカネル伯爵も、ギレンディークでさえジゼレッタを「かわいい」と子供のように言ってくる。伯母夫妻と国王は「美しくなった」と言ってくれたが、身内である。肝心な人には、美人だなんて言われたことは一度もない。

「おっと、待てよ待てよ。オレはジゼよりあっちのほうがいいなんて、一度も言ってないからな？」

「わかってます。でも、むかっとしました」

するると、ギレンディークは目を丸くしたが、すぐにジゼレッタをぎゅうっと抱きしめた。

「ジゼがヤキモチ焼いてくれるの、マジうれしいな！　ちょっと前までは、『なんだこのクソザル！』って感じだったのに、いつの間にそんなデレるようになった⁉」

「……私、そんなひどいこと思ったことないです。確かに野生のサルみたいだとは思ってましたけど。だって、他の女性を褒められたら、怒るのも当然だとは思いませんか？　私、神さまの戒律を破ってまで、ギレンに純潔をさしあげたんです。まだ結婚もしていないのにですよ？　大事にしてもらわなければ、割に合わないです」

強気に言いつつも、頬が真っ赤に火照って仕方がない。

どうも、毎日のように言葉のやり取りをしているうちに、ギレンディークを貴族風に仕立て上げるのではなく、自分が彼のほうにひきずられている気がしてならなかった。

淑やかな令嬢なら、男性にこんなこと絶対に言わないだろう。

「そんなの、あたりまえだろ！　オレ、そんなにジゼのことぞんざいに扱ってるか？」

「ぞんざいに扱われてるとは思わないけど……そうでなくても子供扱いされてる気がするのに、私のことは『うまそう』とか『好物』って、食べ物に喩えてばかりだし」

「あのな、ジゼ。食い物ってのは、そいつにとっての大事な栄養源だ。食い物なしに人は生きていけねーんだから。つまりオレにとって、ジゼは命の源と同じってことだ」

ジゼレッタは濃紺の瞳をぱちくりさせた。

とても大事だと言われたのは理解できる。だが、遠まわしすぎるし、表現が微妙すぎてどこか腑に落ちない。

「まあ、もうその話はいいです。それよりも、今日もマナー講習やりますからね」

「もういいんじゃねえ？」

「ダメです。気を抜いたら、どこで本性が出るかわからないんですから。先日だって、リリカネル伯爵相手に、牙剝き出しの野ザルそのものだったじゃないですか。あれを伯爵が人々に触れ回ったらどうなると思います？」

「あのクソ野郎は敵だから、いーんだよ」

「もうすこし、品のある言い方はできないですか？」

「ウンコ野郎とか？」

「……聞かされる私の身にもなってください」

会話の内容はともかく、若い婚約者同士のじゃれあう姿は、ハルバード家に関わるすべての人々に季節の逆行を感じさせた。

つまるところ、ほのぼのした春である。

＊

レムシード女公爵邸の舞踏会は、華やかというよりはしっとりと落ち着いた会だ。招待客に若者は少なく、まさに社交を目的とした大人の集まりである。

ジゼレッタは、今日もどうにか外見を取り繕ったギレンディークを連れて、招待主に挨拶をする。

「ようこそ、アルフェレネ家のお嬢ちゃん。そして、ハルバード公子さま」

「ごきげんよう、デリナさま」

「お招きいただき、ありがとうございます。夫人」

感心するほどに深く猫をかぶったギレンディークは、人好きのする顔でにこにこと笑って、デリナの握手に応える。すると、彼女はその手をぎゅっと両手に握りしめ、まじまじとギレンディークの群青の瞳をみつめた。

「本当に、驚くほどにお父さまに似ているのね。こう言ってはなんですが、今さらハルバード公のご子息が現れたと聞いて、どんな騙りだろうと警戒していたのよ。でも、紛れもなく血を感じるわ」

「私も初めてハルバード公爵にお目にかかったとき、我が目を疑いました。自分がもうすこし年を重ねたら、こうなるのだろうと自然に思えましたから」

普段、あれだけ不真面目な態度をとっているくせに、どこからこんな台詞が出てくるのだろう。本人は芝居をしていると言っていたが、台本もないのに大した名優ぶりである。

しかし、ジゼレッタの意識はギレンディークの豹変ぶりよりも、周囲の反応に向けられた。誰もが興味深げに、デリナとギレンディークの対話を息を詰めてみつめているのだ。

かつて誘拐された公子と、その犯人ではと噂される女公爵。デリナが真に犯人であれば、被害者の公子が現れたとき、どのような反応をするのだろう――。

そういった彼らの好奇心の声が聞こえてくるようだった。

だが、本人たちはまったく外野の視線には目もくれない。むしろ、若き日の公爵にそっくりなギレンディークに、デリナはいたく興味津々のようだ。

かつて、夫人はハルバード公の恋人だったという。当時の恋人の面影をたっぷり残している——いや、生き写しのギレンディークに、デリナがよからぬ思いを抱くのでは。そんな危機感を覚えたジゼレッタは、彼の腕を取ると、にこにこしながら早々にその場を辞去した。ギレンディークが他の女に色目を使われるなんて、我慢がならなかった。

しかし、招待客の中に紛れると、数少ない若者たち——ほぼ女性——がふたりの周りに集まってきて、あれよあれよという間に、悪い虫は談笑の輪の外に追い出されてしまったのである。

「ギレンディークさま、こちらのワインがとてもおいしいですよ。この年は葡萄の当たり年だったので、ワインの出来も最高ですの」

「あら、そんなことはギレンディークさまだってご存じに決まっているわ。ですが、この三年後のワインは、通の間でとても芳醇な味わいだと人気ですのよ」

「——うん、とてもおいしいですね。どちらのワインも、お美しい姫君たちのお眼鏡にかなった逸品です」

彼女たちの堅牢な壁に阻まれて、とてもギレンディークの隣まで戻れそうにない。

こうなったからといって、彼の気持ちがジゼレッタから他に揺れ動くわけでもないだろうが、やはりよその女に囲まれてちやほやされている姿を見るのは、とても腹が立つ。

——礼儀正しく丁寧に。

そう何度言って聞かせても、ギレンディークの口調が直ることはなかったが、今はきちんと対応できている。

それなのに、まるで褒めたい気持ちが湧いてこない。あんな澄ました顔のギレンディークは、見ているだけで不快だ。

(ふん、あなたたちが見てるのは上っ面のギレンなんだから)

彼と一緒に過ごすようになっておおよそ一ヶ月、ジゼレッタは耳慣れない下町の乱暴口調にすっかり慣らされていた。むしろ、ギレンディークが取り澄ました言葉を使うことに複雑な気分を抱くようになってしまったのである。

そのとき、華やかなワルツが流れてきた。するとたちまち、ダンスに誘ってほしいと彼女たちが期待に満ちた顔をする。

しかし、辺りを見回したギレンディークは、輪の隅っこでふくれているジゼレッタをみつけると、令嬢たちの分厚い包囲網を容易に突破して婚約者の手を取った。

「踊っていただけますか？　我が愛しの婚約者どの」

背後にきらきら輝くシャンデリアを背負ったギレンディークに手を差し出され、いっぺんにヤキモチは吹き飛んだ。

腰に手を回され、持ち上げられた手にキスをされる。人前でそうされるのは恥ずかしいし苦手なのだが、このときばかりは悪い気分ではなかった。

「楽しそうに何のお話をなさっていたんですか？」

ギレンディークがステップを間違えないか足許に注意しながらも、ついそんなふうに聞いてしまう。

「ワインの出来がどうのこうのって、クッソどうでもいい話だよ。飲んじまえばなんだって同じなのにな」

彼女の耳元に顔を寄せて仲睦まじい婚約者を見せつけるギレンディークが、いつもどおりに雑な口ぶりで話すのにほっとしている自分に、大いなる矛盾を感じた。

「なに、難しい顔」

「ギレンの口の悪さに閉口していました」

本心と真逆のことを言ってみたら、彼はニヤっと笑う。

「でも、こっちのほうが落ち着くだろ？」

実際、その通りだったので二の句は継げなかった。

「オレはな、ジゼの前で形ばっかりにこだわって、自分を偽ろうなんてさらさら思わねえよ。嘘っぱちの仲は続かねえからな」

妙に説得力のある言葉にうなずきかけたら、ギレンディークが唇にくちづけてきた。

「ダ、ダンス中に何を……」

「オレはジゼだけに夢中なんだって、連中に教えてやってんだよ。にしても、なんでこんなに肌露出させせんの？　オレ以外の野郎に見せる必要ねえだろ。あっ、もしかして今夜のお誘い？　ジゼの部屋、行ってもいいってこと？　それとも、オレの部屋くる？」

「違います！」

すっかりギレンディークに翻弄され、ジゼレッタは赤くなるしかなかった。

「けど、ジゼが言ってたとおり、オレがあのオネーサマに挨拶してたときの、連中の目、すごかったな。主犯と被害者の対面って、よっぽどおもしろいネタなんだろーな」

「伯父さまと伯母さまが来ていたら、もっと好奇の目にさらされたでしょうから、いなくてよかった。伯父さまは、絶対にデリナさまが主催される会には参加なさらないの」

「その噂のせいで？」

「違うわ。昔のこととはいえ、自分の元恋人が主催する夜会に、伯母さまを連れていきたくはないでしょう。もちろん、ひとりで行くなんて論外だわ」

「そんなもんかねえ」

「そこ、無頓着なのはお互いのためによくないと思います」

身体を寄せ合って睦まじく踊るふたりが、実はこんな色気のない会話を繰り広げていることなど人々は知らず、微笑ましく、あるいは妬ましく見守っていた。

三曲も立て続けに踊り、おもにギレンディークのステップの行方に気を張っていたせいで、すっかりへとへとになったところを、彼の付け焼刃が炸裂した。

ギレンディークがステップを間違え、ジゼレッタの左足の小指を思いきり踏んだのだ。

「あっ……」

同時に叫び、転んだジゼレッタの身体をとっさにギレンディークが抱き留めた。

「わりぃ、大丈夫か⁉」

「だ、大丈夫……」

そう言うジゼレッタだが、涙目である。小指は痛かった。

「ごめん、ほんとごめん」

人目があるのも気にせず、ギレンディークは彼女の身体を抱き上げ、ダンスの輪の中から離れると、ひと気のない広いバルコニーに出た。

「小指踏んだ？　見せてみな」

休憩用のベンチにジゼレッタを座らせ、その前に跪くと、ギレンディークは彼女の華奢な靴を脱がせた。

「こりゃまた堅牢な靴下だな」

「い、いいわよギレン。こんなところで靴下脱げないわ。別に血も出てないし、もう痛みも引いたから！」

「ほんとか？　無理してない？」

「してないわ」

「ならいいけど、ほんと悪かったな。喉渇いただろ。飲み物でも持ってくるから、ちょっと待ってな。すぐだ」

颯爽と彼が広間の中に戻っていくのを見送り、ジゼレッタはため息をついた。夜になって涼しくなった風が、ダンスで熱の上がった身に染みて心地いい。

そのとき、風に乗って男性の声が聞こえてきたので、ジゼレッタは座ったままバルコニーの手すりの向こう側を覗き込んだ。呻き声のように聞こえたのだ。

ここは二階部分にあたり、下は庭に続く通路になっているのだが、数人の男たちの影が見えた。こんなところで男性ばかり集まって何をしているのだろうと首を傾げると、今度ははっきりと苦痛の呻き声がした。

思わず立ち上がり、手すりから身を乗り出すと、四、五人の男に取り囲まれたリリカネル伯爵が、腹部を殴られて地面に膝をついたところだった。

「――――!」

喉まで出かかった悲鳴を呑みこみ、ジゼレッタはバルコニーの内側に身を潜めた。リリカネル伯爵はとてもいけ好かないが、集団に取り囲まれて暴力を受けているのを黙って見てはいられなかった。

ギレンディークが彼を助けてくれるかはわからないが、窮状を訴えることはできるだろう。早く戻ってこないだろうかと広間に目を向けたとき、見知った顔と目が合った。

「あ……」

その人物がそこにいる不自然は感じたものの、リリカネル伯爵を助けるほうが急務だ。

しかし、「大変です！」と叫ぼうとしたジゼレッタは、突然、背後から口許を押さえられていた。途端に強い刺激臭を感じ、ぐるりと視界が回る。

そのまま、意識は強制的に断ち切られた。

＊

自分にしがみつくように（実際は彼が方向を間違わないように誘導しながら）踊っている彼女があまりにかわいくて、次はどこにキスしてやろうかなんて、不埒なことを考えていたら、ものの見事にジゼレッタのつま先を踏みつけてしまったギレンディークである。

彼の肩の高さにも届かない小柄な婚約者の華奢な足を、無骨な男の大きな靴で踏んづけるという大失態を犯し、たちまち彼女の濃紺の瞳に涙が盛り上がるのを見て、あわてた。

理由はなんであれ、女の涙にはからっきし弱いのである。

ジゼレッタが恥ずかしがるのも構わず抱き上げると、ひと気のないバルコニーに飛び出した。これから涼みにきたり語らい合う人々がやってくるのだろうが、まだ今夜の舞踏会は始まったばかりで、他に人はいない。

「喉渇いただろ。飲み物でも持ってくるから、ちょっと待ってな」

そう言いおいて、足を痛めたジゼレッタを置いて広間の中に戻ったが、急ぎ足だったせいで、ひとりの紳士にぶつかり、相手が尻もちをつく。その拍子に持っていたグラスをひっくり返してしまい、紳士の服が濡れた。

「おっ……と、すみません！」

彼を立ち上がらせるのに手を貸し、ジゼレッタに持たされた手巾を差し出し、近くを歩いていた給仕の女性に、こぼしたワインの後始末を頼んだ。

下町の酒場だったら、ここから乱闘に発展することもよくあったが、さすがに貴族たちの集まりでそんなことにはならず、相手も「大丈夫ですよ」と笑って許してくれた。

ギレンディークは急ぎ足で飲み物や軽食が並ぶ一角にやってくると、ワインのグラスをふたつ、片手に持つ。

ジゼレッタを酔わせていい気分にさせ、あわよくば今夜も――そんな無意識の下心が発動したのかどうか。少なくとも、ぴたりと密着して踊っていたときから、こちらのやる気にぬかりはない。

だが、急ぎバルコニーに戻ってもジゼレッタはいなかった。他に人の気配もない。

「ジゼ？」

辺りを見回すが、彼女の姿はどこにも見当たらない。彼が外していたのはほんの短い時間だったし、広間に戻った様子もなかった。

バルコニーの向こうには、建物内部に通じる扉がある。広間に戻っていれば、ギレンディークが気づかないはずがないから、あちらへ行ったのだろうか。

だが、そんなところに向かう理由がない。

嫌な予感がしてバルコニーに立ち尽くしたギレンディークは、ふと床の上に革細工の髪留めが落ちているのを見つけ、拾い上げた。

それは、先日ミードに出向いた際、彼がジゼレッタに贈った安物の髪留めだった。

本命の女性にあげるにはささやかすぎる贈り物なのに、彼女はひどく喜んでくれて、こんな着飾った夜会にまでつけてきてくれたのだ。

ギレンディークは髪留めを握りしめ、バルコニーの手すりから身を乗り出して辺りの様子をうかがう。かすかに、馬車の走り出す音が聞こえてきた。

「しまった――！」

こうなる可能性を忠告されていたのに、油断した。ワインを取りに行く程度の短時間だと高をくくっていたし、ジゼレッタの足を踏んで怪我をさせてしまったことに、自分でも驚くほど動揺していたせいだ。

だが冷静になって考えてみれば、レムシード女公爵邸は事件を起こすのにもってこいの場所ではないか。ここの主人は、ハルバード公子誘拐の犯人と目されている人物だ――。

さっき、ギレンディークとぶつかってワインをこぼした紳士も、時間稼ぎのための仕込みだった可能性がある。

ギレンディークはその場にワイングラスを投げ捨てると、二階の手すりを乗り越えて、邸の外に飛び出した。

着地の際に痛みで涙目になったが、下は柔らかな土の地面で、しなやかな若い肉体は衝撃をやんわりと受け止める。

そのまま馬車回しへ急行すると、誰もここから馬車を使っていないことを馬丁に確かめた。馬車は、おそらく外からやってきたのだろう。

ギレンディークは馬丁の制止を振り切って、足の速そうな駿馬を一頭、厩から引き出して飛び乗った。

異変をみつけたのは、馬を駆ったその直後だ。

邸の門を警備していた騎士がふたり、門にもたれかかったまま縛られて、気絶していた。

それを見て、ギレンディークは鋭く舌打ちする。

「尻尾を出しやがったようだな。こうなりゃ、ぜってーとっ捕まえる」

レムシード女公爵邸は、貴族の邸が多く集まる一角の、奥まった場所にある。道の脇は林になっており、遠くを見通すことはできなかったが、辺りはすべて石畳なので、馬車を牽く音が遠くに響いていた。

「兄貴。ギレンの兄貴！」

息をひそめた小声が、ギレンディークを呼んでいる。彼が首を巡らせると、林の中からひょっこり小柄な青年が現れた。

「ラウドか。奴らの顔を見たか？」

「野郎が三人、フードかぶってたんで顔は見えなかったっス。でも、手際よかったっスね。ジゼレッタさんと、もうひとり背の高い金髪男をぐるぐるに縛って、馬車に押し込めてずらかりました。今、パルフさんとアルセイスさんが尾行してるっス」

「おまえらに見張り頼んどいて正解だったぜ」

「ほかならぬ兄貴の頼みっスからね！　やっぱ、ジゼレッタさんがさらわれたのは、あの髪色のせいっスかね。ミードでさらわれた子供たちも、みんな琥珀色の髪だったし」

以前、ジゼレッタの前でそれを口にしそうになり、ギレンディークに床に引き倒されたことがあったので、ラウドは苦々しく笑った。

ギレンディークは、ジゼレッタをいたずらに不安にさせたくなかったので、誘拐犯が琥珀の髪色を選んで誘拐しているらしいだなんて、知らせるつもりはなかったのだ。

「まあ、悪いことする連中はみんなミードを目指すってんで、ダールさんとリグナントさん、ルークスさんはミードの入口で待機してるっス」

「わかった。おまえはもうすこしここで様子を見ててくれ」

「了解っス！」

ギレンディークは馬の腹を蹴ってミードに向かった。

＊

不規則な振動に身体を揺さぶられていて、かすかな吐き気が込み上げる。

おまけに、硬いものに頭をゴンゴンぶつけられ、痛みも感じた。

（痛いわね）

思わず文句を言ったら、目が覚めた。

視界がぐるぐる回っていて、とても気分が悪い。それでも、深呼吸を何度か繰り返すうちに、視界の歪みはだいぶ正されてきて、ぼんやりと周囲の様子が見えるようになった。

狭くて暗い、そこはまるで納屋だった。でも天井は低くて、布が張ってあるような……。

そのとき、「うー、うー」と男の変な声が聞こえてきた。

恐怖に心臓がきゅっと縮む。反射的に身体を起こそうとしたが、なんとジゼレッタは縄で身体ごと縛られていたのだ。結果、起き上がることができずに、振動の弾みで寝かせられていた場所から転がり落ちた。

（痛い……っ）

でも、なぜか声は出ない。痛みが引いてから周囲をよく観察すると、ここがみすぼらしい荷馬車の中で、どこかに運ばれている最中だということがわかった。

さっきまでは座席に寝かされていたが、ひどく揺れるせいで転がり落ちたのだ。

両手を後ろに縛られ、口も布でふさがれていて声が出せない。

そして、さっきから呻く男の声にようやく意識が向いて、ジゼレッタは首を巡らせた。

すると、座席の隅っこにはやはり胴体と口を縛られた男性――リリカネル伯爵がいて、ジゼレッタを起こそうと呻いていたのだ。

（伯爵――!?）

美貌を誇る彼の顔にはたくさんのあざや切り傷があって、左目は腫れてしまい、ひどく痛ましい。

そういえば意識を失う直前、デリナの邸の庭で、リリカネル伯爵が男たちに囲まれ暴行を受ける場面を目撃したのだ。

助けを求めようとしたはずなのに、そこで記憶が途切れている。

ジゼレッタは狭い床の上でどうにか身体を起こす。すると、まとめていたはずの髪がはらりと落ちた。

（髪留め……！）

ギレンディークにミードで買ってもらった革細工の髪留めは、貴族の夜会向けではなかったが、とても気に入っていたので今日もつけていたのだ。

背後から口をふさがれた記憶があるので、抵抗したときに落ちてしまったのだろう。

一瞬、状況も忘れてジゼレッタは落ち込んだ。初めて男性から——ギレンディークからもらった贈り物だったのに、なくしてしまうなんて。

項垂(うなだ)れたとき、縛りが甘かったのか、彼女の口を縛っていた布がするりと外れた。

口許が涼しくなって我に返ったジゼレッタは、ふさいだ気分を横に置いて、リリカネル伯爵に顔を向けた。

「伯爵、大丈夫ですか?」

とはいえ、腕を縛られているので、それ以上はどうすることもできない。よろめきながら立ち上がり、伯爵の隣に腰を下ろすと、なんとか縄を解こうと身をよじった。

「うー!」

彼はジゼレッタの目を見て、必死に何かを訴えている。顎を突き出して必死に左右に振るので、どうやらこの布を外してくれと言っているらしいことはわかった。

でも、ジゼレッタだって縛られているので、どうすることもできないのだ。すると、彼はジゼレッタに首の後ろ側にある結び目を見せる。

「んうぅう」

呻き声の音調からどうやら、「外して」と言われているようだ。そして彼は、やたらと口許を強調する。

これはもしや、口でこの布を解けと言っているのだろうか……。

「い、いやですよ……っ」

「うぅ！」

「頼まれても困ります！」

とはいえ、この場で頼りになるのはリリカネル伯爵だけだ。せめて、状況だけでも彼の口から聞いておかなければ……。

「ううう！」

「わかりました、わかりましたから！　お願いですから、あっち向いててください」

伯爵がおとなしくジゼレッタに背中を向けたので、そっと近づき、彼の首の後ろにあるきつい結び目に歯を立てた。

まるで抱きつくような距離だ。彼の長い髪からふわりといい匂いが香った。

（こんな場面、ギレンに見られたら……）

彼のことだ。激高してリリカネル伯爵に殴りかかるだろう。ジゼレッタとて、大嫌いな女たらしに近づきたくない。でも、火急の際だ。

布に嚙みついて、引っ張る。でもその程度では結び目が解けることはない。むしろ、逆にきつく締めつけている気がする。ジゼレッタは必死に結び目を引き下げにかかった。

時間はかかったが、やがて布が彼の口許から落ちた。

「ありがとう、ジゼレッタ！　これで話ができる」

口が自由になった途端、彼がジゼレッタを抱きしめんばかりの勢いで向き直ったので、とっさに後退った。

「ですから、呼び捨てはご遠慮ください。私には婚約者がおりますし！」

「あんな野良犬の婚約者になるなんて、正気とも思えませんよジゼレッタ。ああ、でも今はそんなことを言っている場合ではない。ジゼレッタ、君は狙われている」

「——は？」

藪から棒に何を言い出すのかと、ジゼレッタは伯爵を胡乱な目でにらんだ。しかし、彼の顔中には殴られた痛々しい痕跡があって、たちまち彼女の眉は曇った。

「まったく信じていないのはよくわかるよ。私たちもずいぶん長いこと内偵を続け、ようやく今、手がかりをつかんだばかりだ。いいかい、ジゼレッタ。ウィンズラムドの宮廷内に、人身売買組織が入り込んでいる。彼らはおそらく君を狙っているんだ。そして、その予感が的中したせいで、私たちはこんなところに押し込められている」

「じ、人身売買……!?」

あまりに突拍子もない話に、頭の中が疑問符だらけになった。

「驚くのも無理はないがね。だが、この国には誘拐事件が多い。どれもこれも、二十年以上も捜査がなされていたが、一向に解決を見ないんだ。狡猾な連中だ」

その話は、以前ギレンディークがミードに連れていってくれたとき、彼の口から聞いた。

「そういう事件が多いのは知っていますが……ミードでのお話ではないのですか？」

「ああ、そうだ。二十年以上前から事件はほぼ、ミードで起きている。ただ、連中が狙う子供には共通の特徴があるんだ。それが――君の髪色」

ジゼレッタの髪は、金というにはもっと深い琥珀の色だ。これはウィンズラムド王国古来の色で、さまざまな血が混ざった現在の王国内では、珍しくなってきた色でもある。

「誘拐された子供たちには、この髪色が多い。そして、外国ではこの色が重宝されて、高値で取引されている。琥珀の髪をしたウィンズラムドの子供は高級品だ」

「高級品……取引って……奴隷かなにかにするんですか……？」

「中にはそういうのもあるかもしれないが、ほとんどは、汚い大人の性欲の餌食になる。子供をそういう対象として扱う国は結構あるんだ、男女関わらずね」

「――――」

「その筆頭が、エヴァンス王国という、ウィンズラムドから海を隔てた向こうの国だ」

「エヴァンスって確か……すこし前に使節団が来ていましたよね」

使節団に会うため、ハルバード公も早めに王都に入っていたと聞いた。

「もう十年も前になるが、行方不明になったこの国の子供が、エヴァンスの海で遺体となってみつかった事件があり、かの国での悪行が噂されるようになった。エヴァンス側は、どこからか漂着した遺体だと言って関わりを否定してはいたが。ただし、海の向こうの国のことで調査も捗々しく進まず、結局は打ち切られた」

「……」

「先日訪れた使節団本体は、とっくにエヴァンスに向けて出国したが、実はかの国の船が数隻、ウーラガの港に停泊したままなんだ。船籍はエヴァンスとは関係のない別の国だが、中身はエヴァンスの別動隊。おそらく、我が国からさらった子供たちを輸送するために待機しているんだろう」

ウーラガは王都から馬車で一日ほど南下した位置にある港町である。

先日、ミードでさらわれたという子供たちも、その船に乗せられたのだろうか。

「でも、どうして私だと……？」

「例の船から下りた連中を尾行していた衛視が襲われ、殺された。だが、その衛視は連中の会話を密かに聞き、内容を暗号にして手紙に残し、死の間際にミード市民の手に渡していたんだ。解読したところ、彼らの標的の名はアルフェレネ伯爵の末娘だと書かれていた」

「……そんな」

身の回りにそんな不穏な動きがあったことすら、ジゼレッタは何も気づかなかった。伯爵の話はあまりに荒唐無稽で、言葉も出てこない。

「誘拐犯どもの黒幕は長らく正体がつかめていなかったが、彼らは徹底してミード周辺に住まう平民の子ばかりを狙っていたから、宮廷には足がかりがないのだろうと判断されていた。しかし、ここへきて君だ。ということは、連中は王宮内にも入り込んでいることになる。だから、それとなく護衛していたが、私と君に接点はないからね。不自然に近づくと、奴らに私の思惑を知られてしまいかねない——だから、君に求婚したんだ」

「……はい？」

なぜそこで求婚という手段がとられるのか、意味がよくわからなかった。

「別に自慢ではないが、私はウィンズラムド王国中の騎士の中でも、一二を争う剣の使い手だ。おまけに近衛騎士団の副団長。私が傍にいて君にちょっかいを出していると思わせれば、犯人が誰であろうと手を出しあぐねると考えたんだ」

だが、一二を争う剣の使い手でも、こうして両手を封じられてしまっては、せっかくの特技を生かす機会には恵まれそうにない。

ジゼレッタは落胆しつつ、彼の言葉に眉をひそめた。

「そんな理由で求婚するなんて、失礼だとは思わないですか……？　もし、まかり間違って私が承諾していたら、どうするおつもりだったんですか⁉」

「しっ、声が大きい。『そんな理由』と切り捨てるほど事態は軽くないぞ。君が外国の変態貴族の餌食になる恐れがあったのだから。それに事前の調査で、君は箱入りで育てられた潔癖なお嬢さんということだったから、私のような女たらしが近づいても、きっと袖にしてくれるだろうと踏んでいた。もちろん、君のご両親もね。きょうだいで一番の美形と自慢するだけあって、君の輿入れにはずいぶん慎重になっておられたからな」

「え？」

両親が自分の結婚に慎重だったなんてまったく感じたことはなく、末っ子だから放置されているとさえ思っていた。現にギレンディークとの婚約は、驚くほどあっさり決まってしまったではないか。

「まあ、もしも私の求婚が受け入れられるなら、それはそれでアリかなとは思っていたよ。君は実際、かわいいしね。いやしかし、あんな野良犬がよくて私はダメというのは、ちょっと傷つく男心……」

「ギレンは口や態度はとても悪いですけど、何人も女性を口説いて、とっかえひっかえ連れ歩いたりしません」

「品性の下劣さは、直るものではありませんよ」

さらに反論しようとしたとき、馬車が停車した。これからどうなるのだろうと不安に思い、大変不本意ではあるのだが、すこしだけリリカネル伯爵に近づいてしまった。

「そういえばジゼレッタ、大事な婚約者がさらわれたというのに、かの野良犬公子はどこで油を売っているんだ？　夜会に参加している美女を口説いて回ってるんじゃあるまいな」

「飲み物をもらいに、すこし離れただけです！　では、私はエヴァンスに連れていかれるんですか……？」

「おそらくね。今夜中にウーラガの港へ移送されてエヴァンスへ。私は邪魔だから殺されるだろう」

「そんな……」

「まったく、役に立たない野良犬め。なんのためにジゼレッタの傍にいたのやら」

忌々しげに伯爵は舌打ちしたが、ジゼレッタはふと表情を明るくした。

「――そういえば、意識がなくなる直前に、あの方と目が合ったんです。私が連れ去られるのを目撃しているはずだから、きっとギレンに報告してくれています！」

「あの方？　目が合ったって、いったい誰と……」

そのとき馬車の扉が開き、男がひとり乗り込んできた。男は黒いローブをかぶって顔を隠しており、無言のままでジゼレッタを縛っている縄をつかむと、立ち上がらせた。

「来い」

「あ、あなたがたはなぜ、こんなことをするんですか」

馬車の外にも数人の男が待機しているのを見て、ジゼレッタは震え上がりながらも反抗した。うかうか連れていかれて、本当にエヴァンスへ移送されてしまったら……。

だが、反対側の扉が開くと、別の男がリリカネル伯爵の喉にナイフを押し当てた。

「早くしろ。男を殺すぞ」

鋭利な刃物を見て恐ろしさに身体が震えたが、伯爵を殺させるわけにはいかない。

「……言うとおりにしたら、彼を殺さないでくれますか」

「時間がない、急げ」

返答は得られなかったが、ジゼレッタが言われたとおりに馬車を下りると、リリカネル伯爵からナイフが離れ、一緒に引っ立てられた。

ふたりが下ろされた場所は、白い建物の中庭だった。だいぶ夜が深まりつつあって周辺は暗く、ぼんやりした月がうっすらと建物を照らしているだけで、どこなのかはわからない。

ジゼレッタとリリカネル伯爵は、建物の地下にある狭い一室に放り込まれた。

女たらしの伯爵は苦手だし、ふたりきりなんてとんでもないが、今は別々に引き離されなかったことに安堵する。今この場で、唯一の味方だ。

部屋の隅にはランプがひとつあるきりで、他には何もない、ただの白い箱のような場所だ。誰かを閉じ込めておくためだけに存在しているような……。

「……ここ、どこかしら」

後ろ手に縛られたまま、ジゼレッタは冷たい床の上に座り込んで項垂れる。

リリカネル伯爵は深いため息をつき、彼女の背中にもたれかかってきた。かなり派手に痛めつけられているらしく、身体がつらそうなので、仕方なく背中を貸してやる。

「レムシード邸から、馬車の進んだ距離や曲がった方向から、おそらくミードの街中にあるカセド神殿分殿といったところかな」

「カセド神殿？」

意外な単語を聞いて、ジゼレッタは伯爵を振り返った。

「奴らは位置がわからないように、巧みに馬車をあちらこちらへ走らせていたようだが、私はミードのどんな細い小路も知り尽くしている。その程度でごまかせるものか」

「どうして、カセド神殿……？」

先日、ギレンディークの口からもカセド神殿の話題が出たことは、もちろんはっきり覚えている。ジゼレッタとシリアを乗せた馬車が事故を起こしたのは、もっと王城に近い位置にあるカセド神殿の総本山だ。

「カセド神教はここ三十年ほどでウィンズラムドに台頭した新興宗教だ。神殿が建ちはじめた当初は、とてもおとなしい人々の集団だった。神に帰依すれば、抱えている病が治るとね。だが、月日とともに教えは過激になった。病が治らないのは信心深さが足りないからだ、病の原因たる悪を摘まねば快癒することはない――。狂信的な信者が増えるに従い、外部に対して攻撃的になっていった。病人が暴れて人を殺害したり、神殿に寄進するための金銭を奪ったり」

「……」

「現在、そんな過激な思想は表向きはないよ。ある時を境に、元のとおりぴたりと静かになったんだ。むしろ最近では、病の快癒を願い祈るやさしい神さまだからね。診療所のような役割を担ってもいるから、広く受け入れられている。だが、神殿が落ち着きはじめた頃から、ミードでは子供がさらわれるようになった」

「子供の誘拐と神殿の教えは、無関係に思えますが……」

「直截的にはね。これはあくまでも推測だが、君と同じ琥珀色の髪は、罪悪の象徴かなにかのように喧伝されているのかもしれない。その悪いものを神殿へ連れてくることで病魔が浄化される、とかね。信者にしてみれば誘拐ではなく善行なので、嬉々として取り組むんじゃないかな。信者はミードのそこかしこにいるわけだから、近隣に琥珀の髪を持つ子供がいるという情報も、すぐに知れ渡るだろう。誘拐を巧みに指示している人物がいるのだろうね」

「証拠がないのに、カセド神殿を疑う理由があるんですか?」

「長年、収集してきた情報を勘案した結果だ。現にここはカセド神殿内だと思われるわけだし。当たっていれば、とうとう向こうから尻尾を出してきたことになる。私としては、殴られた甲斐があったというものさ」

伯爵はふいにジゼレッタにもたせかけていた身体を起こし、振り返った。

「ところでさっき、君が意識を失う直前に誰かと目が合ったと言っていたね。あれは、誰のこと？」

「――ファルネス宰相閣下です。伯爵が暴行を受けているのを見て、助けを求めようとしたとき近くにいらして」

「……なんだって？」

伯爵が声をあげた。それは快哉の声ではなく、絶望に似ていた。

「ファルネス宰相、ファルネス宰相だと⁉　くそっ、とんだ盲点だ！」

彼の口から「くそ」などという言葉が飛び出したので、ジゼレッタはそっちに驚いた。なにしろ貴族の男性は、絶対にそんな言葉を使わないと思っていたのだ。

「ジゼレッタ、残念ながら宰相閣下は君の味方ではない。味方どころか――」

「……余計なことを言うものではないよ、リリカネル伯爵」

扉が開くなり、中に踏み込んできた人物を見て、ジゼレッタはあやうく舌を嚙みそうになってしまった。

ランプを持ってやってきたのは、ファルネス宰相その人だったからだ。

腰が弱くていつも杖をついていたはずなのに、背中はまっすぐで、ぎっくり腰に苦しむ老人の姿はどこにもなかった。

背後には彼女たちをさらったと思われる黒ローブの男たちが、五人控えている。

どうして——わけがわからなくなって唇を噛んだが、宰相がここにいることと、リリカネル伯爵の絶望の声から、答えは必然的に導き出された。

「私を、エヴァンスに売るんですか……？」

「ほお！　そんなことを知っているのかね。リリカネル伯爵、本当に余計なことをしてくれたね。いやなに、先日、我が国にやってきた使節団長が君をどこかで見かけたとかで、いたく気に入ってね！　ぜひ国許に連れ帰りたいと、たっての希望だったのだよ」

人身売買を否定することなく、訥々とジゼレッタの誘拐を告げる宰相に寒気を覚える。

「あの馬車の事故も、宰相閣下が……？」

「公爵をおいて先に帰るとのことだったでな、好都合だったよ。とんだ邪魔が入ったが」

事故を装って狙われたのは、公爵夫妻のどちらでもなくジゼレッタ自身だったのだ。あそこでギレンディークたちが現れなければ、神殿に連れていかれてエヴァンスへ……。

それを聞くと、恐怖よりも怒りがふつふつと湧いてきた。

「……下手をしたら、伯母さまが大怪我をしていたかもしれないのに!?　どうしてこんなことをなさるんですか！」

「どうして？　そんなの、金のために決まっておろう！　琥珀の髪は高値で売れるでな」

あたりまえのことを聞くなと、老人は哄笑する。

「一国の宰相ともあろう方が、お金のために自国の民を外国に売り渡すなんて、信じられない……！　ミードから連れ去った子供たちも、みんな同じ目に遭わせたんですか⁉」

「これはこれは、正義感の強いお嬢ちゃんのようだね、ジゼレッタ姫。だが、知っておるかね？　世の中は弱肉強食と言うてな、弱き者は強き者に食い散らかされる運命にあるのだよ。売られるのがいやならば、売る側に回れ。食われるのがいやならば、食う側に回れ。これがこの世を生きる上での鉄則だ。まだ若いお嬢さんには、おわかりいただけないかもしれないがの」

開き直りにも聞こえたが、ファルネス宰相は確固たる信念の下にそう言っているのだろう。老いてなお鋭い目は揺るぎない。ジゼレッタの感傷や非難など、受け入れられる余地もなかった。

「だって……ここはカセド神殿なのでしょう？　本当に、神殿を隠れ蓑にして……」

「それも知っておったか。なかなか抜け目ない……まあよい。一途に何かを信じる者は、動かすのがたやすいでな。けしかけてやれば己の欲望を正当化し、どのような悪行にもかんたんに手を染める。蒙昧な信者であればあるほど、役に立ってくれるよ」

ジゼレッタはぎゅっと手を握りしめた。

「……しかし、今まで決して貴族には手をお出しにならなかったはずなのに、急な宗旨替えはどういった理由です？」

顔を腫らしたリリカネル伯爵が、ジゼレッタの怒りやもどかしさを紛らわすように問う。

「貴族に手を出すと足がつきやすくなる。だから徹底してミードや周辺の町や村から平民の子を連れ去ったが、どうしてもジゼレッタ嬢を所望したいとのことだったのでな。それに、わしも老いたゆえ、この大仕事を最後に表舞台から引退するつもりだ。後はエヴァンスで悠々自適に、この国の子らをあちらの貴族に斡旋して過ごそうと思ってな」

「そんな、勝手な……」

「しかし、せっかく慎重に機会をうかがっておったというのに、貴様がうろうろしはじめ、ハルバード公の子息などと名乗る輩まで現れおった！　まったく、忌々しいことよ。先方は清らかな乙女を望んでおられるゆえ、あのような輩と結婚が成立する前に、急ぎ連れ去らねばならなくなった。とんだ蛆虫どもだよ！」

「…………」

この言葉に、ジゼレッタは鼻白んだ。言いたいことはたくさんあったが、自分にはもう商品価値がないのではないだろうかと思う次第である。

とはいえ、ギレンディークとすでに契りを交わしてしまったなんて言えるはずもなく、小さくなって口を噤むしかなかった。

それにしても今、宰相は徹底して平民しかさらわなかったと言ったのか。

ハルバード公夫妻の息子アルロスは高級貴族であり、ミードの街の片隅ではなくハルバード公領の邸内から連れ去られた。犯人もわかっている。加えて、彼は琥珀色の髪ではない。ではやはり、アルロスの誘拐はこの件とは無関係なのだろうか。

そのとき、扉の向こう側がにわかに騒がしくなった。

「何事だ、様子を見てまいれ」

ファルネス宰相に命じられ背後の男がふたり部屋を後にすると、残った三人が前に出た。

「娘を別室に移し、日付が変わるより前に王都を出ろ。男はこの場で殺せ」

その命令に、ひとりの男がジゼレッタを縛る縄をつかみ、立ち上がらせる。残るふたりは、腰から剣を抜いて、床に座ったままのリリカネル伯爵の首に狙いを定めた。

「やめてください！」

怖くないはずはなかったが、目の前で人が殺されることのほうが恐ろしい。

ジゼレッタは自分を連れ去ろうとする男に体当たりをしてよろめかせると、縛られたままリリカネル伯爵の前に身を投げ出した。

「伯爵は絶対に殺させません――！」

恐怖に震えるその背後で、リリカネル伯爵がふっと笑いを漏らす。

「君はいい子だな、ジゼレッタ。あんな野良犬にはもったいない。この際、私に乗り換えないかい？　大事にするよ」

こんなときに何を言い出すのだろう。振り返ったジゼレッタは非難するように目を細めたが、目先に突き付けられた剣の切っ先に、唇を噛みしめる。

そのとき、入口の向こうで男たちの怒号が交錯し、暴力的な剣戟の音が鳴り響いた。

そして……。

「てめぇ、このクソキザ野郎！　どさくさまぎれにジゼを口説いてんじゃねえ！　また殴られてえか！」

なつかしくも口汚い罵り声を聞き、ジゼレッタは喜色を浮かべた。

「ギレン……！」

剣を片手に乗り込んできたのは、礼服を着崩したギレンディークだったのだ。

彼は整った精悍な顔に似つかわしくない獰猛な視線をファルネス宰相と、リリカネル伯爵にも向けている。

室内に残っていた三人の男が、ファルネスを守るようにギレンディークの前に出た。

「貴様――！　どうやってここへ」

ファルネス宰相は目を細めてギレンディークをにらみ据えた。

「いろいろとツテがあってね！　つか、あんた、どっかで見た顔だ」

老人の鋭い視線を冷静に受け止めながら、ギレンディークは彼の名を思い出そうと眉根を寄せた。

「ファルネス宰相よ、ギレン。この人が、ミードの子供たちを誘拐させていたの……」

ジゼレッタが入れ知恵すると、ようやく思い出したようだ。

「ああ、宰相閣下。こないだ会ったな。てことはなにか？　王国の重鎮中の重鎮が、ミードの子供さらいを主導してたってわけ。なるほど、足がつかねえわけだ」

「この男を殺せ！」

三人の男は宰相の命令に従ってギレンディークを取り巻き、一斉に襲いかかった。

「ギレン！」

対峙するギレンディークの手には、剣が握りしめられている。

以前、彼の剣の腕前はたいしたものだと伯父が褒めていたのを聞いたが、今は本気で命のやりとりをする場だ。怖くて婚約者の腕前を確かめることもできず、ジゼレッタは男たちに囲まれたギレンディークから目を逸らしてしまった。

金属がかち合う音がするたびに、ジゼレッタは肩を震わせて小さくなるが、ギレンディークではない男の悲鳴が聞こえたので、おそるおそる顔を上げた。

それは、小さな旋風のようだった。

ギレンディークは己の長身を自在にあやつり、剣をたたきつけられれば受け止め、かいくぐって容赦なく長靴のつま先で敵の鳩尾を蹴り上げる。

あらぬ方向から攻撃を仕掛けられても、背中に目でもついているのか、難なくかわしてこともなげに反撃した。

それどころか、複数の敵相手に猛攻を仕掛け、巧みな剣さばきで追い打ちをかけると、剣を逆手に持って柄で首筋を殴打する。

こうしてあっという間にふたりの男が床に沈んだ。

（すごい……）

初めて見た本物の修羅場だというのに、彼の流麗な動きは見惚れてしまうほどだ。ジゼレッタはしばし恐怖も忘れて、ギレンディークの剣技に見入っていた。

が、いきなり胸倉をつかまれ、喉に剣を突き付けられる。

「あ――」

見上げると、ファルネス宰相がジゼレッタを人質にとっていたのだ。

冷たい金属の先端がやわらかな白い喉に触れ、彼女は息を押し殺した。下手に呼吸をしたら、その動きで刃に切り裂かれてしまいそうだった。

「そこまでだ、小僧。娘を殺されたくなければ……」

「うるせえ！」

ギレンディークは宰相の御託を全部聞くことなく、対峙していた最後のひとりの剣を撥ね上げた。床に落ちた剣をすかさず蹴飛ばすと、剣の柄で男の脇腹をしたたかに殴りつけて打ち倒す。

三人とも床の上で伸びているのを見回し、ギレンディークは冷徹な目で宰相をにらんだ。

「てめえはジゼを傷つけらんねえ。大事な商品なんだろ、怪我なんかさせたら売れなくなっちまうからな。あっ、ちなみに後ろの野郎はいくら切り刻んでも構わねえぞ」

だが、形勢逆転されたはずのファルネス宰相は、くくっと肩を震わせて笑った。

「口の減らぬ小僧よ。ここから生きて出られるつもりなのかね？　あいにくここは我らの本拠地だ。四、五人ばかり倒した程度で大きく出られては困る」

部屋の外から大勢の足音が近づいてくる。いくらギレンディークが強かろうと、多勢に無勢なのだ。

絶体絶命と感じ、ジゼレッタは祈るように目を閉じたが、当のギレンディークは余裕の笑みを崩すことなく笑い返した。

「この建物があんたの本拠地？　ちっさいね。オレの本拠地はまるごとこの街だぜ」

ジゼレッタは、自分の胸倉をつかんでいる老人の手が震え出すのを感じた。首を動かすと刃が喉に突き刺さりそうなので、そっと目線だけを正面に向ける。

狭い部屋の戸口の向こうに、黒い集団が見えた。ローブの集団にも見えたが、彼らは頭部を覆って隠したりはしていない。

「ガルガロット衛兵隊……」

老人が、やってきた集団の名をぼそりとつぶやいた。それはかつて、ギレンディークが所属していたミードの街の守り神だ。

ジゼレッタも知っている、グレドとメディットの顔もある。

「クソっ」

ファルネス宰相までもがそんな汚い言葉を吐いたので、ジゼレッタは驚きに目を瞠ったが、現実はそんな悠長ではなかった。

「道を空けろ！　本当にこの娘を殺すぞ！」

ファルネス宰相は血走った目で唾を飛ばしながら怒鳴り散らし、立ち上がらせたジゼレッタの頬にぴたりと刃を当てた。もはや彼女を売買するどころではなく、己の運命がかかっているのだ。いざとなれば、本当に危害を加えてくるだろう。

「ジゼにちょっとでも傷つけてみろよ、即ブチコロス——」

ギレンディークの声が一気に氷結し、ジゼレッタの背中に寒いものをもたらした瞬間だった。

「まったく、めんどくさい爺さんだ」

リリカネル伯爵の声が突き放すように言い、立ち上がるなりファルネス宰相の背中を力任せに蹴りつけたのである。

「ぬお——っ」

蹴飛ばされた弾みで、老人の手からは短剣がこぼれ落ちる。そのあおりを食らって、背後から強く押される格好になったジゼレッタは、前につんのめっていた。

咄嗟にギレンディークがジゼレッタの身体を抱き留めてくれる。

だが、何が起きたのかわからずに、しばし彼の胸に頬を当てて硬直したまま、頼もしい彼女の婚約者が「捕らえろ！」と衛兵隊に号令を出すのを遠くに聞いていた。

たちまち衛兵隊の面々が突入してきて、ファルネス宰相や、床に倒れていた男たちの身柄を取り押さえる。

「ジゼ、大丈夫だったか？」

ギレンディークが剣で彼女の身体を縛りつけていた縄を切ると、肺の中にたくさんの空気が入ってきて、全身の緊張が解けた。

だが、同時に安堵で震えてしまい、その場にへたり込みそうになった。

あわててギレンディークが支え、彼女の背中を力強く抱きしめる。

「ほんとに悪かった、オレが傍を離れたばっかりに……」

「だ、大丈夫です……でも、よくここが」

ところが、ファルネス宰相の喚き散らす声に、せっかくの再会に水を差され、ギレンディークの眉間の皺が深くなった。

「クソ！　なぜ衛兵隊なんぞが出張ってきおるのだ！　ええい、さわるな平民どもが、わしを誰だと思っている！」

屈強な衛兵たちに取り押さえられても、恐れ入るどころかファルネス宰相は誰よりも大声をあげて彼らを呪詛している。そして、ギレンディークの顔を見るなり、吐き捨てた。

「そもそも、貴様がすべての元凶だ、永遠に呪われろ！」

憎しみに満ちた目でにらみつけてくる宰相に、ギレンディークは頭をかいて嘲笑した。

「そりゃ、逆恨みってもんだ。下手を打ったのはそっちだろ？　気長に計画を練っときゃ機会はいくらだってあっただろうに、警戒されてる中で強行したのは自分じゃねえか」

「誰のせいだと思っている！　貴様が現れ、娘の婚約者なんぞに納まり返ったせいではないか！　下町育ちの性悪の傍に、うかうかと大事な商品を置いておけるはずが……」

「エヴァンスの変態貴族は、処女がお好みってか」

宰相の言わんとすることを察し、ギレンディークはにやにや笑う。だが、それこそ彼が言い出しそうなことを察したジゼレッタが、あわてて口をふさごうとしたが――遅かった。

「しかし残念だが、オレとジゼはもう誰よりも親しい間柄なんでね！」

「ギレン……！」

ジゼレッタは悲鳴をあげそうになり、いたたまれなくなってその場に頭を抱えてしゃがみこんだ。

ファルネス宰相のみならず、リリカネル伯爵や大勢の衛兵の前で、深い仲であることを暴露されてしまったのである。

「なっ、なっ……」

老人は皺で垂れぎみの瞼をくわっと開き、ジゼレッタを見た。

「け、結婚前に……こやつとまぐわったのか⁉ 下町育ちは手が早いからと、忠告しておいただろう！ これだから最近の若いモンは、常識をわきまえとらんというのだ――！」

怒りのあまりに卒倒しそうな老人に、ギレンディークは迷惑そうな目を向けたし、彼を捕縛していたグレドやメディットも嘆息する。

「人身売買野郎に常識外れとか言われたくねーですぜ、宰相閣下。婚約してんなら、事が後だろうと先だろうと別にいいじゃねーですか。当人同士の問題でしょ」

「うるさいわ、下町の愚民どもが！ ああ、こんなことなら生ぬるいことをせずに、赤子のうちに貴様を殺しておくべきだった……！」

羞恥のために消え入りそうだったジゼレッタだが、宰相の言葉に困惑を隠しきれず、そろそろと立ち上がった。

「赤子のうちに――？ 彼の誘拐も、あなたの仕業なの……？」

姿を消したたくさんのミードの子供たちと、アルロスの誘拐事件は性質が異なっていたので、別の事件だと思っていたのだ。

「よもや二十年以上も経って、今さら現れるとはとんだ誤算だ。あの女も、よりによってミードに赤子を捨てていたとは……！ 即座にまとめて殺すべきだった！」

忌々しそうに目を吊り上げ、宰相は怒鳴った。

　ギレンディークはうるさそうに眉をひそめ、早く連れて行くよう衛兵たちに言うが、それを止めたのはジゼレッタだった。

「待って、待ってよ。あなたが、アルロス公子をさらわせたの⁉　何のために！」

　両手をつながれた宰相の前にまろび出て、彼女はその襟元を両手でつかんだ。

　だが、宰相はジゼレッタの非難がましい表情を見ると、顔を上げて嗤った。憎々しげな音を響かせて。

「小癪なハルバード公爵が、当時ひそかにカセド神殿の調査を指示したからだ！　だが、ヤツの意識が神殿から逸らされれば、すくなくとも時間が稼げる。案の定、生まれたばかりの息子を失い、あやつは神殿の調査どころではなくなった。形ばかりの調査は行われたが、上層部がそんな体たらくでは、ろくな調査もできまいて。結局、何もみつけることができず、あやつは尻尾を巻いて領地に逃げ帰り、表舞台から消えおった。ざまを見ろ！」

　どんどん高らかになる嗤いに、ジゼレッタの握りしめた手が震えた。だが、耳障りな哄笑がひときわ大きくなると、彼女の手は老人の頰を張っていた。

「それで赤ん坊を、ギレンをさらわせたの？　どれだけシリアさまが泣いたか、どれだけ自分を責めて責めて――ふたりが二十年以上も苦しんできたか……。あなたの私利私欲のために、ギレンは実の両親から引き離されて……冗談じゃないわ！　絶対に、絶対に許せない！　ハルバード夫妻が幸せな日々を送るはずだった二十二年を、あなたが全部壊したのよ……こんなこと、あっていいはずない……！　殺しておけばよかったなんて、そんなの……」

怒りが大きくなりすぎて制御できず、ジゼレッタは泣きながら老人の胸を拳で何度も叩いた。

「ジゼ」

子供のように泣きじゃくって宰相を叩くジゼレッタの手を、ギレンディークがやんわり包み込んだ。

「もういいから。あとは然るべき場所で裁いてもらうから、もう泣くなよ」

衛兵隊が無言になった老人を連れて出ていく気配を感じながらも、涙が止まらなくてギレンディークに縋りついて泣いた。

「あんな人のために、伯母さまと伯父さまは、一番幸せな時間を奪われたなんて！　二十二年も、毎日……っ。ギレンだって、あんな事件がなければ、実の両親の許で……。絶対許さない、あのジジイ！」

怒りの持っていき場をなくし、ジゼレッタの手はギレンディークの上着をぎゅうっと握ってしわくちゃにする。

「ジゼ、そこはジジイじゃなくて、おじいさまだろ」

「いいんです。あんなジジイは、クソジジイです……！」

ぷっと笑いつつも、そんな彼女の憤りを宥めるよう、ギレンディークはずっと細い背中を撫でつづけ、耳元にささやく。

「ありがとな、ジゼ」

「……なんで、ありがとうなんですか」

ますますギレンディークの胸に顔を埋めながら、ジゼレッタは涙声で尋ねた。

「オレはさ、誘拐されたときの記憶なんてないし、両親に代わるジジババがいたから、実際のところ自分が被害者だって意識はあんまなかったんだ。それどころか、今さら貴族だって言われて、正直、煩わしいと思ったこともある。でも、父も母も、二十年以上もずっとそのことに囚われて、つらい思いをしてきたんだよな……。ジゼが怒ってくれなきゃ、両親の気持ちはわかったつもりにはなっても、全然理解はできてなかったかも。オレの代わりに――オレたち家族の代わりに怒ってくれて、ありがとな」

すこし身体を離したギレンディークが、涙でぐしゃぐしゃになったジゼレッタの頰を指で拭い、唇を寄せるが……。

「ところでおふたりさん――」

ふたりの間に割って入るように口を挟んだのは、顔を腫らしたままのリリカネル伯爵だった。縄は衛兵隊が切ってくれたらしく、痛む腕をさすっている。

「まだいたのかよ、クソキザ野郎」

「人がいるのに見せつけてくれたのはそっちだろう。しかし、野良犬はさすがに鼻がよく利くようで、追跡もお手の物だな。どうやってここに？」

「ミード界隈はオレの庭だぜ。ダチどもにレムシード邸を見張らせといたからよ、あとは道々衛兵隊に通報しながら悠々と登場――ってか、よく衛兵隊の連中に見逃されたな、あんた。元クソ上官をやっちまう絶好の機会で、てっきりフクロにされたと思ってたぜ」

「……フクロ？」

涙を拭いつつ、ジゼレッタは聞いた。やはりギレンディークの言うことは、ときどきよくわからない。

「袋叩きの意ですよ、ジゼレッタ。彼らは貴様のような野良犬と違って、元上官を敬うことを知っている」

「そのひでえ顔のせいで、誰かわかんなかっただけだろ」

涙を拭い、ジゼレッタは濡れた目をぱちぱちさせた。

「元上官……？」

「聞いていませんでしたか？　この野良犬は今から四年ほど前、私が隊長を務めるガルガロット衛兵隊に新兵として配属されてきた元部下です」

悔しさも怒りも忘れて、彼女はふたりの男の顔を何度も見比べた。

「え――では、顔見知り……!?　王城での舞踏会のときは、もう……？　あのとき、ふたりで話し合うって、何を話していらしたんですか」

「いや、まさかこの野良犬が件のハルバード公子だとは、天地がひっくり返るような事件でしたよ。ですがこの男、頭は足りないが剣の腕だけは達者だ。ジゼレッタが狙われているから、必ず警護しろと言い含めました。だというのに、うかうかと連れ去られて……やはり警護の仕事はおまえには向かないな」

リリカネル伯爵は侮蔑の目をギレンディークに向け、大袈裟にため息をついた。

「うるっせえ。ちゃんと見張りをつけといただろうが！」

反論するギレンディークの声が、すこし弱々しくなった気がする。

「おまえがしっかり警護していれば、ジゼレッタはこんな恐ろしい目に遭わず、怪我をすることもなかった。見ろ、縄で縛られた痕がこんなに痛ましいじゃないか」

伯爵が彼女の擦り傷に指を這わせると、その手をギレンディークはすかさず払った。

「しかしどうです、ジゼレッタ。この男は上官を敬うこともなければ命令もロクに聞けず、それこそゴロツキ同然。街の治安を守る衛兵隊を、クソガキどものたまり場とはき違えるような勘違い男でした。警護の仕事もまともにできず、慰問で孤児院を訪れていた麗しい貴族の姫君を見て『めちゃくちゃかわいいな！』と迫ったとんでもない男です。むろん、無礼千万のゴロツキにはその場で謝罪させましたが、こともあろうに上官である私を殴り、姫君は恐ろしさのあまりに、慰問を取りやめるという事態に……」

ジゼレッタの目が丸くなり、次第に冷ややかになって、ついにはギレンディークを横目でにらんだ。あまりに聞き覚えのある言い回しである。

「ちっげーよ！　オレはただ、貴族のお姫さんなんか見たことなかったから、素直に褒めただけだ！　それなのに、オレを野良犬呼ばわりしてこいつ――」

今でさえこれだけ荒っぽいギレンディークの十八歳当時を想像し、ジゼレッタは肩をすくめた。きっと血の気の多い、手のつけようのない悪タレだったのだろう。街の人々の彼への反応を見れば、察するに余りある。

「隊長を殴って、よく除隊にされませんでしたね……」

「この男の親代わりであるドロクラー夫妻の人徳の賜物ですよ。夫妻は地域の相談役として、たくさんの人々に慕われていましたし、私も衛兵隊時代には大変お世話になりました。自分たちが亡くなった後に残される不肖の息子を心配し、衛兵隊で面倒をみてやってくれと頼みこまれたので、無下にもできず。育ての両親にもよくよく感謝するんだな」

「ちっ……」

さすがのギレンディークも、育ての両親を引き合いに出されては反論できないようだ。

ジゼレッタは苦笑してギレンディークの手を取ったが、建物の外で怒号が飛び交うのを聞いて、彼らと目を見合わせた。

第六章　ずっと、一緒にいるから

三人は用心しながら外へ続く階段を上がり、男たちの怒号が響く建物の外へ出た。カセド神殿の不穏分子が実力行使に出たのだろうか。

彼らのいた場所は、リリカネル伯爵の言ったとおりカセド神殿だった。街の真ん中にある小さな分殿で、まさかこんなところに人さらいがいるなんて、誰も思わないだろう。

周辺に民家はなく、通りはさほど広くもない。

だが、そのありふれた街角に、大勢の男たちがひしめいて怒鳴り合っているのだ。

よく見ると男たちはふたつの集団で、一方は神殿の人々を一斉捕縛したガルガロット衛兵隊だが、それに対するのは、制服から察するに王宮に詰めている騎士団らしい。

怒号の内容を要約すると、こうだ。

「この重罪人は、我々ガルガロット衛兵隊で捕縛した。後から遅れてやってきた近衛騎士団の出る幕ではない、即刻立ち去れ！」

「何を言うか。衛兵隊とは名ばかり、何十年もの間、人身売買の現場を見つけることもできなかった役立たずどもではないか！　しかも主犯のファルネスは王国宰相！　国家の重鎮が関わっていたとなれば、平民の集まりである衛兵隊でいかほどの捜査ができようか。慣れぬ仕事をして失敗したら、恥をかくだけだぞ！　我々は親切心で言っているのだ！」

要するに、犯人をガルガロット衛兵隊と近衛騎士団で奪い合っているわけだ。

「何をやっているんだ」

リリカネル伯爵があきれ顔で頭をかいたとき、男たちがざわついた。ふたつの集団の中央に、誰かが割って入ったようだ。

大きな男たちの厚い壁に阻まれて、ジゼレッタには何が起きているのか全然わからないのだが、凜とした声が響き渡るのを聞いて、目を真ん丸にした。

「ガルガロット衛兵隊の諸君、この重大事件を首謀したと思われるファルネスを捕縛してくれたこと、まことに感謝する！　だが、ファルネスの罪を白日の下にさらけだすためには、近衛騎士団の能力が必要不可欠。とはいえ、人身売買は組織的な犯行であり、全容を解明するためには、犯行に関わった連中を一網打尽にする必要がある。このガルガロットにはカセド神殿の総本山および分殿がいくつも点在しているが、それらを知り尽くしているのはガルガロット衛兵隊の諸君である！　巨悪に立ち向かうに、我らは一丸とならねばならず、ここでつまらぬ小競り合いをしている場合ではない！　いいか、事件はこの小さな現場で終わりではないのだ！」

力強い鼓舞の声に衛兵隊の面々は声をあげ、たちまち神殿への突入隊を組織すると、一斉にこの場から立ち去ってしまったのである。

むくつけき男たちの集団を言葉だけで動かしたのは、女の声だった。そして、その声の正体をジゼレッタは知っている――。

「デリナさま⁉」

衛兵隊がいなくなってしまったので、ここに残っているのは近衛騎士団と、ギレンディークの友人たち、そしてレムシード女公爵デリナ。

彼女はさっきまでの色気に満ちたドレス姿ではなく、指揮官の制服をかっちり着こなしていた。豊かに波打つ黒髪はまとめられ、背後に多くの騎士を従える姿はひどく凜々しい。

「アルフェレネ家のお嬢ちゃん、無事だったのね。よかったわ」

「え、ど、どうしてデリナさま……そのお姿は……」

ジゼレッタが目を白黒させると、デリナの前に進み出たリリカネル伯爵が跪いた。

「閣下、この度の不手際、まことに申し訳ございません。警護の対象たるジゼレッタ嬢をうかうかと奪われ、民間人までをも巻き込んで、かような事態に……」

「いいえ、自邸に犯人を招き入れてしまったわたくしのせいでもあります。ハルバード公子の友人が知らせてくれなければ、迅速に騎士団を動かすことはできなかったでしょう」

デリナはギレンディークの舎弟ラウドをはじめ、友人たちに深々と頭を下げ、彼らを困惑させている。

わけがわからなくなって、ジゼレッタはギレンディークを振り返った。彼はこの一連の流れに驚いた様子もないのだ。

「ギレン、これはどういうことなの？」

「あー、レムシード女公爵は宮廷警察なんだ。騎士団を動かせるくらいのお偉いさんらしい。ジゼの誘拐計画を知って以降、国王の直接命令で、人身売買組織を一網打尽にしようって動いてたみてえだな」

「デリナさまが……！　ギレンは最初から知っていたの？」

「こないだ王城の舞踏会んときに聞いた。あ、別に内緒にしてたわけじゃねえんだぞ？　オレもその話は途中参加だし、誰が犯人なのか見当もつかねえのに、下手に口を滑らせて、思わぬところから犯人側に何か漏れでもしたらまずいだろ？　それに、ジゼをあんま脅かしたくなくてよ……」

事情を話さなかったことが後ろめたいのか、ギレンディークは言い訳してジゼレッタの顔色をうかがう。

それを責めようとは思わないが、思いもよらない事態に言葉が出なかった。

「そうよ、ジゼレッタ嬢。彼を責めないであげてちょうだい。あなたを助けるために死に物狂いで駆けつけたのは、芝居でもなんでもないのだから」

デリナが控えていた近衛騎士団に城への帰投を命じると、ギレンディークの友人たちも「次会ったときは、メシおごれよ!」と、共に引き揚げていった。

「……デリナさまが宮廷警察だったなんて。それならどうして、あの噂をそのまま放置しておいたのですか……?」

レムシード女公爵がアルロス公子誘拐の首謀者であるという噂は、彼女がはっきり否定しなかったから広まっていった一面もある。

すると、デリナは笑みを浮かべた。だが、その笑みの下の内心はまったく読めない。

「あの事件に関しては、もちろんわたくしが何かを指示したわけではないけれど、責任の一端は感じていたから、はっきり無関係だと言えなかった。わたくしが侍女のアネルを解雇したりしなければ、事件は起きなかったかもしれないから……それに、宮廷警察に任じられたのは、誘拐事件のずっと後よ」

アルロス公子の誘拐事件が起きる一年半ほど前、デリナは侍女として雇っていたアネルを解雇した。他の侍女の私物や、レムシード邸の金目の物を盗んだためだ。

アネルはそれきり行方をくらませ、デリナも彼女のことはすぐに忘れてしまったが、その翌年、アネルがハルバード公爵領の邸で働いていると知った。

窃盗事件を、かつての恋人であるハルバード公爵に伝えるべきか迷ったが、もしかしたらアネルも心を入れ替えて、真面目に働いているのかもしれない。それならば、新しい生活に水を差すことになるし、もし彼女に問題があるのなら、公爵自身が対処するだろう。

それに当時、彼には産み月間近の妻がいた。結婚して八年経ってようやく授かった子だ。そんな繊細な時期にデリナがしゃしゃり出て、妻のシリアに不快感を与えるのはよくないだろう。そう思って静観したが、事件は起きた。

アネルは金品ではなく、あろうことか生後半年の公子を連れ去ったのだ。

それを知ったデリナは、あわててアネルの身辺を調査した。すると、田舎に病気がちの幼い子供がいたこと、その治療に多額の金を必要としていたことがわかった。おそらく、費用を賄うために窃盗を繰り返していたのだろう。

だが、レムシード家を解雇された直後、子供は亡くなっていた。

「お金が必要だということを、相談してくれればよかったのに。そう思ったわ。でも、アルロス公子を連れ去った後、彼女は死んだの」

ハルバード領から馬車で半日ほど北に進んだ湖に、アネルは身を投げたのだ。彼女の着ていた服は、血に染まっていた。ただ、傷を負っての出血ではなく、喀血の跡。

彼女自身、病に冒されていたのだ。

「結局、公子の行方はわからないまま、そこで調査の手がかりがなくなってしまった。本当に悔やんだわ。すべて、わたくしがたくさんのことを見逃したせい。ルスラムにも顔向けができない……と。でもまさか、アネルがミードに立ち寄っていたなんて……」

うつむいたデリナの肩を、リリカネル伯爵がそっと抱く。

その光景に違和感を覚えたジゼレッタが目をぱちくりさせると、伯爵が後をつないだ。

「後日の調査で、アネルがカセド神教の熱心な信者だったことがわかった。もしかしたら、必要以上の多額な金も、神殿に寄進するためだったのかもしれない。アルロス公子の誘拐も、神殿が関わっているのではないか――と。だが、神殿と誘拐事件を結びつける証拠は何もなく、お蔵入りしてしまった。それが事件の全容だ。しかし、さっき我々は聞いたからね、ファルネス老人が、アルロス公子を誘拐させたと。そのつながりはおいおい追及していくことにしよう。いてて……」

殴られた部分が痛んだのか、伯爵が腫れた瞼に手を当てた。すると、デリナが伯爵の顔の傷に触れる。

「ちょっとローディス、どれだけひどく殴られたの？」

「大丈夫ですよ、デリナ。急所は外していますから」

「だからって、瞼が腫れているじゃないの。犯人の顔は覚えているわね？　誓って八つ裂きにするわ」

そう言って、デリナはリリカネル伯爵の腫れた瞼にくちづけたのである。

「え――」

　これにはジゼレッタだけではなく、ギレンディークもぽかんと口を開けた。

「そんな物騒なことを言うものではありませんよ、愛しい人。ですが、いささか今夜は疲れました。すこし、休ませていただけますか？　あなたの部屋で」

「もちろんだわ。すぐに帰りましょう」

　背の高い女公爵はすこしだけ踵を上げて、リリカネル伯爵の唇にキスをすると、近くにつないであった駿馬にふたりで跨った。

「今夜のところはひとまず引き揚げるわ。また後日、ゆっくり事件について話しましょう。あなた方もよく休むように。では、ごきげんよう」

　手綱を取ったデリナは、颯爽と馬を走らせてあっという間に立ち去ってしまった。

「それ、オレが乗ってきた馬……」

　誰もいなくなった神殿前でふたり、ぽつんと置き去りである。だが、レムシード邸の厩舎から勝手に引っ張り出してきた馬なので、奪われたといって怒るのもお門違いだった。

「……デリナさまとリリカネル伯爵って……。知っていた？」

　ギレンディークはぶんぶんと勢いよく首を横に振った。

「まさか！　あんにゃろう、恋人がいるくせにジゼにちょっかい出しやがってたのか！」

「でもそれは、警護のためで……」

「あのクソ野郎は、ジゼに『乗り換えないかい？』って言ったんだぞ！　くそっ、ぜってー女公爵にチクってやる……！」

確かに、ジゼレッタが自分の求婚に応じたら、それはそれで構わないようなことを言っていた。女ったらしの思考回路は、彼女には理解できそうにない。

だが、憤慨して地団太を踏むギレンディークに苦笑した。

「でもこれで、たくさんの事件が解決に向けて進むのね……」

「あの女公爵、わざと犯人を泳がせてジゼを誘拐させたんじゃねえのか？　その方が手っ取り早く解決する。実際、ミードに詳しいキザ野郎を送り込んでるわけだし、犯人とっつかまえたし。あのクソキザ野郎がおとなしく捕まったのもあやしい。とんだ女狐め」

言われてみれば、ジゼレッタを本気で守るつもりだったのなら、いくらでも警備を手厚くすることはできたし、そもそも彼女を舞踏会に招いたりしないだろう。

「でも、ギレンが助けてくれたから。ありがとう」

ギレンディークの腕に縋ってつま先立ちになると、ジゼレッタは彼の頬にキスをした。

すると、彼の目が真ん丸に見開かれた。

「お……ジゼからキスしてくれんの、初めてじゃねえ？」

ギレンディークはうれしそうに指を鳴らすと、ジゼレッタの身体をひょいと抱き上げた。

「――恥ずかしいわ、こんなところで」

「いやもう、見てらんねえよ。腕にこんな擦り傷たくさん作って、ドレスも破けてる」

言われて初めて、ジゼレッタは自分の姿を観察した。

髪は解けてぼさぼさだし、縄できつく縛られていたので、剝き出しの二の腕にはたくさんの傷跡があり、まだ痺れている。

おまけに、彼の言うとおりドレスの裾は裂け、あちこちに汚れもついていた。しかも、夜会用の靴を履いていたので、石畳を歩くには不向きだし、ギレンディークに踏まれた小指がまだちょっと痛い。

「私、ギレンにもらった髪留め、どこかに落としてしまったの。ごめんなさい……」

しゅんとしょげかえると、今度は彼がジゼレッタの頰にキスをした。

「それならレムシード家のバルコニーに落ちてたから、拾っといたよ」

「ほ、本当に？　よかった……なくしたんじゃないかって、落ち込んでたの」

「あんなもん、いくらでも買ってやるよ。でも、オレが足踏んだりしなけりゃ、連れ去られることもなかったんだよな。ほんと、ごめんな」

ミード一の悪タレが申し訳なさそうに表情を曇らせるから、彼女はくすくす笑った。

「――じゃあ今度から、ダンスの練習もマナー講習も、ちゃんとやってくださいね」

「あっ、それはまだ続くんだ？」

「当然です。だってギレンは、私の旦那さまになるんですもの。私の前では普段どおりでかまいませんが、外面は今後もよくしてもらいますからね」

笑いながら、どちらからともなく唇を重ね合わせる。往来の真ん中だということも忘れ、熱心に相手の唇を貪り合っていたが、ギレンディークがため息とともに離れた。

「こっから歩いてハルバード邸まで戻るのはめんどくせえな……」

「遠いんですか？　そういえばここ、どこかわかります？」

ジゼレッタはきょろきょろと辺りを見回したが、ここはミードにいくつもあるカセド神殿の分殿のひとつだ。初めて訪れた場所なので、現在地などさっぱりわからない。

「心配いらねえよ、ミードはどこもオレの庭だから。ハルバード邸とは正反対だけど、ここからならオレんちが近い。今日はそこで休もうぜ」

「オレんちって……ドロクラー夫妻のおうちですか？」

元々ギレンディークはこの街に住んでいたのだ。彼が育った家が近くにあるのだろう。

「ああ。今は誰も住んでねえから、処分しちまおうかとも思ったんだけど、なんか壊す気になんなくて、そのまま放ってある。隣に住んでるオバさんに、ときどき掃除だけはしてもらってるから、休むくらいはできるだろ」

夜もだいぶ更けているし、酒場などの開いている店はこの近所にないので、辺りは静かなものだった。

ギレンディークはよれよれドレスのジゼレッタを大事に抱えたまま、いくつもの角を曲がり、一軒の家の前に立つ。

お世辞にも立派な家とは言えない、二階建ての小さな古い家だ。しかし、狭い庭先にはかわいい花が植えてあり、それらを世話するための道具が並んでいた。

「バアさんがよく庭いじりしてたんだ。まだ隣のオバさんが世話してくれてんだろ」

ジゼレッタの視線に気がついて、ギレンディークが教えてくれた。

「ここで育ったのね、ギレンは」

どうしてアネルはここに赤子のギレンディークを置き去りにしたのだろう。

もしかしたら、小さくても手入れのされている庭先を見て、住民がやさしい人物だと見当をつけたのかもしれない。

室内は真っ暗だったが、戸口にあったランプに火を入れると、静寂の中にかつての生活感がどっと押し寄せてきた。

戸をくぐったすぐそこは居間だ。長年使い込まれたテーブルを、小さな椅子が三つ囲んでいる。台所には調理道具が並んでいて、古びてはいてもきれいだった。

壁には老人のものと思われる帽子がかけてあり、壁際には杖がたてかけられている。

もう、誰もいなくなって久しく、室内はまるで時が止まったようだった。

その物悲しい様子を見たら、涙があふれてくる。

「え、なんで泣く……？　なんか、気に障るもんでもあった!?」

ギレンディークのあわてる声に、ジゼレッタは頭を振る。

「違います……。ギレンはやさしいおじいさんとおばあさんと、ここで三人で暮らしてきたんでしょう？　でもふたりとも亡くなって、ギレンがひとりきりでこの家に住んでいたんだと思ったら、悲しくなってしまって……」

ぐすっと鼻をすすると、彼はすこし驚いたようだったが、すぐにいつもの笑顔に戻る。

「バカだなあ、そんな感傷的になるようなことじゃねえよ。毎晩遊びに来るダチもたくさんいたし、うるせえジジババに夜遊びを叱られることもなかったし、結構快適だったぞ。今はこんな片付いてるから余計そう思うのかもしんねえけど、オレがひとりで住んでたときは、そりゃもう、どっ散らかってて感傷の入り込む隙もなかったからな」

そんな憎まれ口をたたきながらも、ジゼレッタの涙の理由を知って彼がうれしそうに笑うから、ますます泣けてきてしまった。

ジゼレッタの家は十人家族だったし、きょうだいが結婚していなくなっても、邸には家族だけではなく使用人も大勢いたから、真の意味でひとりきりになることはなかったのだ。

ハルバード公爵邸でも、夫妻以外に執事や使用人がたくさんいる。

家族のいなくなった家で、ひとり過ごしていた彼の日々を思うと、やっぱり泣いた。

「それに、今はもうひとりじゃねえから」

「……はい、私が一緒です！　それに、ギレンのお父さまとお母さまも。私の両親も、ギレンの義親になりますし、七人も義きょうだいができますよ！」

「ははっ、いっぺんに賑やかになるな。それに、もっと増えるしね。親孝行がてら、まずは孫の顔を見せてやろうぜ」

ジゼレッタの赤くなった鼻の頭に、鼻先をくっつけてギレンディークが言う。

「まだ結婚していないのに？」

「デキたところでそんなん誤差だよ、誤差。結婚するのは決まってんだから！」

よくわからない理屈だったが、ジゼレッタは泣き笑いでギレンディークにキスすると、ぎゅっと彼の首にしがみついた。

「ギレンは押しつけられた婚約者の、どこをそんなに気に入ってくださったんですか？」

「んーわかんねえ！　けどさ、最初に見たときから『この子だ！』って思ったんだよな。顔も声も全部かわいいし、なんでも一生懸命なとことか、オレがいくらアホなことしても結局許してくれるとことか、他人事なのに当事者より怒って泣いちゃうとことか。とにかく全部だよ全部。ジゼを見てると、生きててよかったなーって思うよ。オレ、今まで他の誰にもこんなふうに思ったことないからな？」

そんなふうに理由をたくさん並べられ、さすがに恥ずかしくなってしまう。でも、うれしくて彼の頬に唇を寄せた。

「けど、誘拐されてなかったら、オレはジゼと結婚できなかったのかな？」

ギレンディークは狭くて急な階段を上がりながら、ジゼレッタの首筋に顔を埋めて、彼女の香りを吸い込む。

それがくすぐったくて苦笑すると、彼女もギレンディークの黒茶色の髪に指を絡めた。夜会のときはしっかり整えてきたのに、さっきの荒事ですっかり乱れ、いつものように好き勝手跳ねている。でも、こっちのほうが自然に思えるから不思議だ。

「どうでしょう。元々いとこ同士ですし、アルフェレネ家の姉妹の中でギレンより年下なのは私だけですから、どのみちありえない縁組ではなかったと思います」

「どっちにしろ結婚することになってたってわけだ！　運命ってやつ？」

「……かもしれないですね」

階段を上がりきると、扉がふたつ。ひとつは納戸のようだ。

「こっちがギレンの部屋？」

「うん。笑えるくらい狭いからな、覚悟しとけよ」

ギレンディークの身長に比して小さな扉をくぐると、窓から射し込む月光にうっすらと照らされた本当に狭い室内に、小さいベッドと古い机が置き忘れられたように残されている。

彼がこの家を去ってひと月、無人の部屋には寂寥感が漂っていて、そこでもやっぱりジゼレッタは泣きそうになった。

「……ギレンの身長に合ってないですね、ベッド」

「床に落ちるのも納得だろ」

小さなベッドにジゼレッタを座らせると、ギレンディークは上着を脱いで机の上に放り投げ、隣に腰を下ろした。そして彼女の身体を抱き寄せ、また唇を合わせる。

ほんの一ヶ月前まで彼の存在を知らなかった。出会ってからも、彼女の度肝を抜く言動に何度も驚かされ、絶望感を抱いたというのに、今はこんなにもこの腕の中が心地いい。

「なぜかしら……」

潤んだ瞳で彼をみつめながら、つい口に出すと、ギレンディークはいつもの底抜けに明るい笑顔を作った。

「なんでこんな野ザルに惚れちまったんだって思ってんだろ？　そりゃかんたんだよジゼ。オレがジゼのことを大好きだからに決まってる」

そういうものかしらと疑問に思うも、確かにこんな乱雑な人、好きだ好きだと主張されなければ、ジゼレッタのほうから気にかけることなんてなかったかもしれない。

ギレンディークの粘り勝ちだろう。

ジゼレッタの頬に手を当て、もう一方の手は大事そうに彼女の頭を抱え、ゆっくりと身体をベッドの上に横たえる。

公爵家のベッドとは違い薄っぺらく硬い感触だったが、ここで毎日、彼が寝起きしていたのだと思うと、この小さなベッドがとても愛おしく感じられた。

じれったそうに彼女の胸元を開き、ドレスを脱がすギレンディークは、くちづけを解いてもジゼレッタの首筋に顔を埋め、なめらかな肌に舌を這わせたり唇で食んだりと忙しい。そのたびに彼の熱い呼気がかかり、くすぐったさに思わず吐息をついた。

「あぁ……」

「めちゃくちゃキレーだな、ジゼ」

彼は腕についた擦過傷にもくちづけ、舌をなぞらせた。その感覚に、胸の鼓動が速まる。

「痛くねえか？」

「すこしだけ……。でも大丈夫……舐められるの、気持ちいい……」

「怪我させてごめんな。いっぱい気持ちよくして、痛みなんか忘れさせてやるから」

すこしずつジゼレッタの肢体を剝き出しにしていきながら、肌が露わになった部分に彼はたくさんのキスの雨を降らせる。

甘いふたつのふくらみが目の前に現れると、まるで蜜に誘われたミツバチのように先端の蕾に唇を寄せた。

熱い口の中で舐められたり吸われたりするたびに、ジゼレッタの呼吸も跳ね上がる。

ドレスを臍のあたりまで下ろし、今度はスカートの中に手を入れて、ドロワーズの上から彼女のお尻や腰を撫で回してくる。

思わず腰を浮かせたら、すかさずドロワーズを引き下ろされ、靴ごと脚から抜かれる。

「ちょっと、恥ずかしい……」

上体を剥かれ、スカートの中の下着ははぎ取られ、靴下だけという状態だ。頬を染めてギレンディークから目を逸らしたが、彼はごくりと喉を鳴らした。

「ハダカよりえっちだな――」

「あ……っ」

狭いベッドの上でうつぶせに転がされると、スカートをめくり上げられた。彼の目に白いお尻が丸見えだ。

あわてて隠そうと身体を起こしたら、四つん這いになったところを背中からのしかかられ、両胸を持ち上げるように包んだ手に愛撫を加えられた。

「ジゼの胸、やわらかくて気持ちいい……」

「んあぁ……」

指先で先端をつままれ、手のひらでふにゅふにゅと揉みしだかれると、言いようもない感覚が身体に流れ込んでくる。もどかしさが唇から甘い声になって漏れた。

立ち膝になったギレンディークにうなじや肩の後ろ側を舐められ、胸を愛撫され、剥き出しになったお尻には、彼の硬くなった部分が押し当てられている。

全身を拘束されて逃げ出す隙もなく悶えると、右手がそろそろと忍んできて、秘めやかな部分をつんと指先でつついた。

「――っ」

小さな刺激で、腰が跳ねる。ジゼレッタが息を呑むと、今度は長い指が割れ目に沿わされて、ゆっくり往復をはじめた。

「は――、そこ、私……っ」

「女の子の身体で一番気持ちいいとこだ。ほら、だんだん濡れてきた」

粘膜に直接、ギレンディークの指の温度が伝わってくる。

指の腹でやさしく押し潰しながら動かされたら、触れられる場所がだんだん熱くなって、するすると彼の指を運んだ。

二本の指で秘裂の中の粒を挟まれ、小刻みに揺らされたら、ジゼレッタの身体が大きく波打つ。

「あぁあっ、あっ、あっ、いや……」

強い刺激に襲われて、ジゼレッタは左右に首を振る。そんな彼女に追い打ちをかけるよう、ギレンディークはかぷりと彼女の耳の後ろ側に軽く歯を立て、強く吸った。

「ひぁ……っ」

かすかな痛みを上回る快感で、蹂躙されている割れ目に蜜がじわりとあふれた。

彼はそれを手にたっぷりまとわせると、人差し指から小指までの四本の指全体を使って、押し広げた割れ目に当てて前後に揺らしはじめる。

「あぁっ、ふあぁぁ……！」

圧迫を加え、それぞれの指をばらばらに動かしてたくさんの刺激をジゼレッタに与える。するとと、手で押さえられた場所から、耳をふさぎたくなるような淫らな粘液の音がにちゃにちゃと鳴り出した。

「ジゼのここ、熱くて——すぐびちょびちょだ」

「んッ——だって……っ、あ、はあ——」

恥ずかしい音が続き、あふれた蜜が内股を濡らしていく。それを感じると、激しい羞恥に襲われてもっと濡れた。

今やギレンディークの右手は、ジゼレッタの感じている蜜でべっとりだ。

気持ちよくて呼吸が乱れ、身体が勝手に揺れるたびに小さなベッドがギシギシと軋んだ。

「ギレン……あぁんっ、恥ずかしいの、や……っ」

「恥ずかしくない。かわいいから……」

彼女を苛む四本指のうち、中指だけを愛液の流れ落ちてくる蜜孔に挿し入れると、手全体を使ってぐちゅぐちゅにかき回しながら、挿入した指で中を擦り上げる。

「んっ、んっ」

身体を支える腕ががくがく震えて、シーツを握りしめた。

ギレンディークの手の動きが単調になってくると、ジゼレッタは自分の身体がどこかに向かって準備をはじめるのを感じた。

「ジゼ――かわいいオレのジゼレッタ……」

「あっ、あ――っ、ギレン、また、あれ……っ」

一瞬、何も感じなくなった後、霧が晴れたみたいにたくさんの感覚が戻ってきた。

ギレンディークの手に触れられる場所から、全身に甘く痺れる波が広がり、ジゼレッタに悲鳴をあげさせる。

やがて、シーツの上に額を押し当てると、声を失ったままジゼレッタは激しい呼吸を繰り返して喘いだ。

「しまった……後ろからだと、ジゼがイったときの顔が見えねえ」

ギレンディークは小さく舌打ちして、ぐったりしたジゼレッタを抱き起こし、放心する彼女の頬や額にやたらとキスしながら仰向けに横たえた。

絶頂感に頬を赤らめるジゼレッタは荒い息を繰り返し、潤んだ目でギレンディークを見上げる。

「ジゼがオレのベッドで喘いでる姿、たまんねえ……」

小ぶりだがふんわりと丸いふくらみの先端は、昂奮で赤く硬くなっていて、呼吸の漏れる艶やかな唇は半開きのままだ。

途中まで乱雑に剝がされたドレスの裾が、秘部をぎりぎりの位置で隠しているが、その下に覗く腿はギレンディークに乱されて、濡れていた。

「ギレン」

重たく感じる腕をそろそろと上げ、ジゼレッタは彼の頰に手を当てた。

「こないだみたいに、抱きしめてくれないと……さみしい」

前回こうして身体を結んだときは、正面から抱き合って、たくさんキスや愛撫をくれたのに、後ろから一方的にさわられるだけだと、ひどく寒くてさみしく感じた。

「ごめん。ジゼの乱れるとこ見たくてさ――」

ギレンディークは目を細めて笑い、頰に触れる彼女の手を握りしめ、そのままのしかかって唇をさらった。

舌を挿し入れ、口内をたっぷり舐って舌を絡ませてくる。下腹部を弄られるときほどの快感はないが、気持ちよくてこの感覚は好きだ。

「ん――、ギレ……」

唾液が混ざり合って、口の端からこぼれる。それでもかまわず深いキスを重ねながら飲み込み、ジゼレッタは彼のシャツの釦をぷつぷつと外していった。

いつも、だらしなく開いた釦を嵌めていたはずなのに、今はその逆だ。でも、ギレンディークの粗削りの彫刻みたいな肉体をシャツの下から暴いていくと、倒錯的な期待感に満たされる。若々しく張りのある肌に手のひらを当てると、とても熱かった。

「ジゼが脱がしてくれんの？」

「私だけ脱がされてるのは、不公平だから……」

釦を全部外してしまうと、くっきりと筋肉の浮き上がった胸や脇腹、シャツの中の背中に触れた。生気に満ち溢れた肉体が、ジゼレッタの手のひらに吸いつくようだ。

「私もギレンの身体……舐めてみて、いい？」

「大歓迎――」

彼の背中をぎゅっと自分のほうに抱き寄せ、そっと舌を出すと、分厚い胸をぺろっと遠慮がちに舐めた。ギレンディークの喉が鳴るのが聞こえる。

その反応がうれしくなって、舌先に強弱をつけて肌を這わせれば、熱い吐息が漏れた。

「うう……」

じれったそうにギレンディークは一度上体を起こすと、ジゼレッタを抱き上げて狭いベッドで上下を入れ替え、自分の身体の上に彼女を乗せる。

「ジゼ、もっと」

「う、うん……」

初めてギレンディークの上にのしかかったのだ。すこしどぎまぎするが、彼の胸に手を当てると、ふたたびぺろぺろとその肌を舐めた。

最初は、首筋に。そこからはギレンディークの匂いが立ちのぼってきて、ジゼレッタを陶然とさせた。出っ張った喉仏をぱくりと食むと、くすぐったそうに彼が身体をよじる。

喉の下をちろちろと舌でやさしく撫でると、その口から色気のある息が漏れた。

浮き出た鎖骨を無意識になぞり、広い胸に手を這わせてみる。自分にはない身体の厚みが伝わってきた。

「はぁ……っ」

ギレンディークが心地よさそうに吐息をついて、ジゼレッタの長い髪を撫でている。こうして身体を預けてもらえることがうれしくて、胸に頬ずりした。

こんなことをしていいのかと迷いつつも、彼がよくするように、乳首を口に含んで、周りを舌でつっつきながら吸う。

すると、ギレンディークの肌が粟立った。

「うう、めちゃくちゃ昂奮する――！」

ため息交じりの声で言い、ギレンディークはスカートの中の無防備なお尻に手を伸ばし、両手でそれを撫で、左右に押し広げた。

「ん……」

さっきの指戯で濡れたままの割れ目を、お返しとばかりにもう一度擦られると、一旦は落ち着いたはずの身体にふたたび火が灯り、秘部がひくひくと蠢いてしまう。

「あぁ……気持ちいい……っ」

「オレも」

秘裂を指が滑るに任せて腰を揺さぶりながら、ギレンディークの胸から腹部にかけてを夢中になって舐めた。

だが、舌を這わせて手のひらで愛撫を繰り返しているうちに、下衣の中で硬くなっているものに触れてしまった。

「……下も脱がしてくれていいぜ」

耳元で悪戯っぽく言われ、真っ赤になる。

さすがに躊躇して身体を起こしたら、ギレンディークは自ら下衣を寛げ、腹部に向かって反り返る楔をジゼレッタに握らせた。

恥ずかしくてたまらなくて、目は逸らす。でも、手の中の熱い塊に意識のすべてが集まってしまい、離すこともできずきゅっと握った。

「こうやって、動かして」

あらためて両手で握らされると、ギレンディークがその上に手を重ね、上下に動かしてみせる。すると、ずるりと表面が動いて、不思議な感覚を彼女の手に伝えてきた。

「え、え……なに、これ……」

「ジゼの中、これで気持ちよくするんだよ。もうすこしだけ、強めに握って……」

そう指示してギレンディークが手を離したので、自発的にその動作を継続しなくてはならなくなった。

「ああ……すっげ、気持ちいい……」

仰向けに脱力したギレンディークは、ジゼレッタにそれを預けたままため息をつく。

「いつもジゼを想って、ひとりで悶々とこうやって抜いてたんだぜ。切ないだろ？　それを、ジゼがやってくれるって――最高」

躊躇いがちに動かしていると、先端がじわりと滲みはじめた。

「男の人も……濡れるの……？」

「もちろん。ジゼの手で気持ちよくなったから、早く中に出したいって先走ってる……ほんと、気持ちいい……」

眉根を寄せて、快感に耐えるような顔をするギレンディークに、ひどく胸がどきどき高鳴ってしまう。好奇心のまま、もっと根元の部分までたどって、複雑な構造をしたやわらかな裏側に触れてみたら、彼の全身が大きく波打った。

「うわぁぁ……っ！」

「あ、ごめんなさい」

思わずといったように上体を起こした彼は、胸を大きく上下させ、今までで一番大きなため息をついた。

「あの、不快だった……？」

「その逆だよ！　オレの弱点探ってんの？　今の、反則だぞジゼ……」

そう言ってバサッとジゼレッタのスカートをまくり上げると、中の濡れている秘部を押し広げ、ギレンディークは反り返った己の楔をつかんで中に埋め込んだ。

「ひ、ん……っ」

いきなり硬いものを突き立てられたのに、痛みよりも熱さしか感じない。歓迎するように、彼の熱く滾った肉を包み込んでしまった。

上体を起こしたギレンディークはベッドの縁に座りなおすと、ジゼレッタの身体を抱きしめて下から腰を突き上げはじめる。

昂奮して張り裂けそうな楔に貫かれ、膣の中に振動が伝わると、体内で暴れる肉塊を感じた。たまらずギレンディークの頭にしがみついたら、彼の目の前で揺れる乳房に噛みつかれ、ちゅうちゅうと吸われてしまう。

「あっ、ぁあああんッ！　ギレ――ンっ、ああ……」

彼が腰を突き上げると同時に、彼女の腰は強くギレンディークの手で落とされて、交合を深める。

「ほら……腰を下ろしたときは、振動があったほうが気持ちいいだろ？」

「は――ギ、ギレンって、以前からそんなことばっかりっ、考えていたんですか……!?」

びに音が鳴る。

「基本、ジゼとヤルことしか考えてないから」

「ふぁあ、あっ、あぁあんっ」

結合部からとろとろと蜜があふれてきて、ギレンディークが小刻みに腰を突き入れるた

「ふ……」

擦れ合うところがじんわり熱くなって、どんどん範囲が広がっていく。

気がつけば、両手をギレンディークと重ね合わせて指を絡めながら、膝をついたまま自分で腰を上下に動かしていた。

「ジゼ——もう、イキそう……」

「私も……っ、ギレンの、熱くて……」

腰を固く抱きしめられた瞬間、身体を穿つ杭から精が放たれるのを感じた。同時に、自分の身体がそれを喜びで迎え入れるように、目がくらむほどの快感を得る。

ギレンディークが自分と同じく、むしろ彼女よりも呼吸を荒々しく弾ませているのが、ひどくうれしかった。

一気に高まった後、すこしずつ緩やかに甘い感覚が解けていくと、ギレンディークが脱力してジゼレッタを仰向けに倒し、繋がったままの楔を引き抜いた。

「あ……っ」

塞がれていた部分から、注がれた精がこぼれていく感覚がある。だが、そうはさせじと、まるで子宮に向かって押し流すよう、ギレンディークは自分の膝を彼女の腰の下に入れた。

「ギ、ギレン……？」

彼はにこっと無邪気に笑って見せると、邪魔なスカートをたくし上げ、絶頂にまだ震えたままの花唇にそっと顔を寄せ、淫蜜に濡れた割れ目の中を舐めはじめたのだ。

音を立てて蕾を吸い、舌で花びらを割り、たくさんの蜜をこぼす場所に挿し込む。

「待って！　ギレン、そんな、とこ……っ」

靴下を穿いたままの膝を曲げて広げられ、剝き出しになった性器を口で――。

生まれてから今日まで、こんな恥ずかしい思いをしたことはない。そう断言できるほどなのに、ギレンディークの熱い舌にていねいに舐められ、敏感な部分を剝き出しにされて吸われて、何も考えることはできないほどの快感に嬌声があがってしまう。

まだ、さっきの絶頂から抜け切れていないうちに、たたみかけるように刺激されると、得も言われぬ感覚に涙がこぼれた。

乱れたドレスからこぼれた胸がきゅんきゅんと疼いて、硬く尖る。

「ジゼの割れ目、甘いな。ひくひくしてて、めちゃくちゃいやらしくて……ほんと、かわいくてたまんねえ……」

「あっ、あああぁ――！」

強く花びらの中を吸い上げられて、またもや達してしまった。気持ちよすぎて、痛いくらいに割れ目の中が痙攣している感覚がある。

顔を離すと、彼はぐったりしたジゼレッタのドレスを、もどかしそうにはぎ取った。すると膝上丈の靴下だけが取り残されたが、その姿を見て深いため息をつく。

「女の子が靴下だけ穿いてるのって、そそられるな……。野郎が靴下だけ穿いてたら、ただの間抜けなのに」

言われたことを想像すると笑ってしまうが、よからぬ目で見下ろされているのを感じ、今さらだが手で胸を覆い隠して、膝をしっかり閉じた。

「ジゼ、隠さない」

「それなら、ギレンも脱いでください。笑ってしまいそうなので、靴下も全部」

そう言いつつも、閉じた脚の間からとろとろと熱いものが流れてくるのを感じ、ジゼレッタはひそかに頬を赤らめた。

「ははっ、オレもそんな間抜けなかっこ、ジゼに見られたくねえや」

前を全部はだけていたシャツを脱ぎ捨て、靴下も下衣もすべて床の上に放り投げると、彼はジゼレッタに覆いかぶさり、その身体を抱きしめながらキスで唇をついばんだ。

太腿に押しつけられる濡れた怒張が熱くて、変な気分になってしまう。

たくさん感じさせられたばかりなのに、またそこにギレンディークの硬いものを挿れてほしくて……。

「なあ、オレのも舐めて?」

「え……」

またジゼレッタに握らせ、ねだるように腰を前後に動かす。さっきまで彼女の身体の内部を苛み抜いていた楔は、じっとりと濡れたままだった。

「ねえ、だめ?」

ジゼレッタの身体にまたがったまま、ギレンディークが膝で歩いて、すこしずつ彼女の顔の近くに寄せてくる。

「――――」

すぐ目の前に迫った黒々と濡れ光る楔を間近に見て、さすがに怯んだ。でも、すごく目に毒なのに、ついチラチラと見てしまう。

すると、ぐっしょりと濡れている秘部が、さらに熱く潤むのを感じた。

「で、でも、そんなに見られてたら、恥ずかしい……」

彼女に咥えられるのを期待して、きらきらしているギレンディークの瞳がまぶしい。

「ジゼのかわいい顔を見ながらしゃぶられたい」

「……!」

この男は、なんということを言い出すのだろう。閨事など彼相手にしか知らないジゼレッタだが、とてつもなく破廉恥なことを要求されているのはわかった。

「そんなこと言われたら、よけいにできません……！」

「じゃ、顔見なきゃいいなら、ふたりで舐め合おうぜ」

えっと思った瞬間には、ギレンディークが反転した。

お尻をこちらに向けて――つまり、反り返った性器をジゼレッタの顔の前に見せながら、ふたたび彼女の割れ目に口淫を再開させたのである。

「……っ」

それは、ジゼレッタには刺激の強すぎる光景だった。

でも、この濡れた楔がジゼレッタを抉って、気持ちよくしてくれる……そう思うと、舐められている割れ目が疼痛を発し、意識が遠のきそうになる。

「やぁあ……っ、そんな、吸わないで……」

「ジゼがうまいからだ」

「あぁっ」

膝を立てて腰を震わせると、夢中になってギレンディークの硬いものを手でつかみ、いきりたってお臍を向いている怒張に、目を閉じたまままちゅっとくちづけた。

「……ッ」

ギレンディークが息を呑んだので、うっすらと目を開けた。やはり目に毒な光景だ。でも、彼はこちらを見ていないし……。

生まれて初めて男性のそんな場所を観察してしまったが、不覚にもジゼレッタは笑った。

（丸くてかわいい左のお尻にも、ほくろがふたつ）

シリアがそう言っていたのを思い出したのだ。

成人している男性の引き締まったお尻は、さすがに丸くはなく、かわいいと形容してやることはできそうにない。

でも確かに、左のお尻にほくろがふたつ、並んでいた。

くちゅくちゅと音を立ててジゼレッタを貪るギレンディークに、彼女はお返しとばかりに、お尻のほくろを指先でつっついた。

「えっ」

思いもよらぬところに触れられたせいか、ギレンディークが甘い蜜の湧き出す蜜壺から離れ、肩越しに振り返る。

「ギレンのお尻のほくろ、みつけました」

なぜか彼は急に頬を赤らめ、ジゼレッタの顔の上をまたぐのをやめてしまった。

「あ、あったのね……」

それには答えず、くすくす笑う。

初めて出会ったときには、天下の往来で自らズボンを下ろし、お尻を出そうとしていたくせに。指摘されたのが恥ずかしかったのだろうか。

だが、それをごまかそうとしているのか、ギレンディークは正面からふたたびジゼレッタの割れ目を責めたてはじめた。

「あっ、あっ」

「他の野郎の尻になんか、絶対さわんなよ。絶対だからな！」

「ふ——あぁっ、ギレン以外に、こんなことする人、いません——！」

強く吸われて、目の前にちかちかと星が散る。彼の舌戯で、何度目か意識を飛ばした。

＊

絶頂感からすこしずつ冷めて、目が合うと恥ずかしそうに睫毛を伏せるのに、彼女の敏感な場所に触れてやると、まるでギレンディークを誘うように甘い香りを匂い立たせる。

瑞々しい肌はしっとりしていて、ちょっとでもギレンディークが吸いつくと、すぐに赤い痕がついてしまうくらいだ。

でも、まっさらな彼女の肌に己の征服痕をつけていくことに、異常なほどの悦びを覚えた。手でなめらかな肌を愛撫しながら、奇跡みたいに美しい胸を中心に、たくさんの痕を痛みがない程度に散らしていくと、胸の頂が充血して硬く尖っていく。

思わず指でくりくりとつまむと、感じ入った表情を蕩けさせて敏感に反応した。

「ふ、はぁっ……あぁん」

「ジゼの感じる声、すごくいいな。かわいくて、オレのすぐ勃っちまう」

彼女の身体にのしかかって胸を口で愛しながら、膝を割り入れて、脚を強引に開かせる。

さっき彼女の胎内に精を放ったばかりだが、ジゼレッタの愛らしい喘ぎ声を聞いているうちに男の矢は力を取り戻し、中で存分にその昂ぶりを解放したいと暴れ出す。

だが、自分を焦らすように、楔を強く花蕾に押しつけるだけで我慢した。

しかし、熱くなった彼女の割れ目にじっとりと包まれると、それだけで腰から脳天めがけて、快感が突き抜けていく。不覚にも、そのまま吐精してしまいそうだ。

身体の中心にある敏感な粒を押し潰され、快楽に蕩けきった表情のジゼレッタが、物欲しそうに唇をわずかに開いた。

すかさずそこに吸いつき、唾液の音を立てながら舌を絡めてジゼレッタを味わう。

彼女もまたそれを受け入れて、まだ遠慮がちではあったが、そっと舌を絡ませてくれた。

それが単純にうれしい。

口がふさがっているので声にしては言えなかったが、キスして触れ合って、肌を重ねていくごとに愛しさがどんどん募る。

彼女がかわいいのは当然としても、自分や両親を思って怒り泣いたジゼレッタに、ますます夢中になってしまった。

ひとりきりでこの家に残されて、胸の奥深くに燻っていたさみしさに、自分の代わりに涙してくれたジゼレッタがとてつもなく愛おしい。

気の利いた言葉は出てこないが、こうしてキスして繋がっていれば、思いが届くのではないだろうか。そんな単純なことしか考えつかない。

くちづけたまま腰を浮かせ、彼女の蜜で濡れた楔をふたたび隘路に埋めていく。

「んん……っ」

目を閉じたジゼレッタは、また中にもぐりこんできた彼の熱を感じ、眉根に皺を寄せた。でもそれは苦痛によるものではなく、快感からくるものだ。小さく開いた朱色の唇から、ひっきりなしに甘い喘ぎ声が漏れているのだから。

だが、根元まで挿入したあと、ギレンディークは彼女の首筋に顔を埋め、そのまま動くのをやめた。

つながりあっているだけで、あたたかくて多幸感に包まれる。

「……ギレン？」

急におとなしくなった婚約者を心配するような声が、耳をくすぐった。

「しばらく、このままでいていい？」

「う、うん……」

じっとしている長い時間も、ギレンディークが髪を撫でたり、頬にキスをしたり、かわいいかわいいと馬鹿の一つ覚えみたいに繰り返しささやくうちに、ジゼレッタの表情が快感を得たように蕩けていく。

「かわいいな、ジゼは——。ずっと大事にするから……大好きだから」

唇がふやけるくらい深いキスを交わし、すこし身じろぎしたら、彼女は気をやった顔を見せた。

「あの……っ、ギレンが、中にいるだけで……すごく……っ」

華奢な肩が上下に揺れ、絶頂に向かって呼吸が荒くなる。

「気持ちよく、なっちゃうの……っ！」

頬を赤らめてジゼレッタが言い、腰を引いた。途端に中に収まっていた楔が刺激され、きゅうぅっと収縮したジゼレッタの膣に搾り上げられる。

「ジゼレッタ——オレの……」

「あっ、あっ……っ！」

大きく息を吸うと、二度、三度と膣内の肉塊がびくびくうねり、ぎりぎりまで弓を引かれた矢のように、勢いよくジゼレッタの中に精を放つ。

夜がすっかり更けるまで、古いベッドの軋む音が絶えることはなかった。

終　章

夏の終わりの、すこし涼しくなりはじめた風が広い庭を吹き抜けていく。

さっきまで泣いていたはずの赤ん坊は、やさしい腕に抱かれてゆらゆらと揺らされ、ようやく眠りに落ちたところだ。

あの日も、こんな天気だった。燦々と陽が射して、心地のいい風が涼を運んできた。

幸せいっぱいだった瞬間。なのに、うたた寝している間に、すべてがなくなった。

でも――。

二十三年ぶりに口ずさむ子守唄。

腕に抱くのは我が子ではなかったが、大人になった息子の、そのまた息子――生後半年とすこしの、初めての孫だ。

赤ん坊特有の甘い匂いに、ふくふくしたほっぺた、きゅっと握った小さな手。

膝の上で眠る孫の顔に、奪われたかつての息子の面影をみつけ、まるで時が一気に逆戻りしたような錯覚を抱く。

ふふっと笑みがこぼれた。

「伯母さま――じゃなくてお義母さま、どうしたの？」

紅茶を淹れていたジゼレッタは、急に笑い出したシリアに問いかける。すると、彼女は膝の上ですやすや眠る孫の髪を撫でた。

「アルディークの寝顔がギレンの赤ちゃんの頃にそっくりで、懐かしくなったの」

「お義父さまの家系は、顔が濃いのかしら。お義父さまとギレンもよく似てるけど、アルも同じ系統の顔になりそう」

「そう言われてみると、ルスラムと亡くなったお父さまもよく似ていらしたわ」

ふたりで笑い合ったそのとき、邸からギレンディークが父のルスラムと共にやってきた。やはりよく似た親子である。

「ふたりとも楽しそうだね」

そう言うルスラムも、とても楽しげな表情だが、それもそうだろう。

「ええ、久しぶりにギレンの顔を見られたから、うれしくてふたりで喜んでいたのよ。ね、ジゼレッタ」

「ええ。ギレン、おかえりなさい！」

相変わらずシャツの一番上の釦が開きっぱなしの夫に駆け寄って抱きつくと、彼は力強い腕でぎゅうっと抱きしめてくれる。父母が見ていようと気にした様子もない。

「ただいま！　一ヶ月もジゼの顔を見ないでいると、頭おかしくなりそうだ。栄養補給！」

そう言ってギレンディークは、ジゼレッタの首筋に顔を埋める。義両親の目はさすがに気になるが、日常的な光景に慣れっこになっているふたりは、微笑ましく見守るだけで何も言わない。

ジゼレッタは彼の黒茶色の髪をやさしく撫でた。

「お仕事ご苦労さま。順調？」

「順調もなにも、ガルガロットってなんであんな事件多いの？　おかしな連中多すぎるだろう！　休暇とるの一苦労なんだけど」

ギレンディークは、ジゼレッタが領地の邸で子供を産んだあと、古巣であるガルガロット衛兵隊の副隊長に任じられていた。

これまでは平の隊員でしかなかったが、今は隊を統率する側である。

お堅い貴族の司令官よりも、ミードの街や住民に馴染んだギレンディークのほうが、荒くれ集団であるガルガロット衛兵隊を統率しやすいというのも大きな理由だし、司令官職にふさわしい剣技の持ち主だったのも幸いした。

子供が生まれて二ヶ月ほどは彼もハルバード領にいたのだが、今は一足先にひとり王都へ戻っていて、休暇ごとに馬を飛ばして王都と領地の行き来を繰り返す生活をしていた。

今年の社交シーズンは、出産直後ということもあり王都行きを見送った。だが、ジゼレッタの体調が落ち着いてきて、赤ん坊の世話にも慣れてきたので、シーズンの終わりに入れ違いで王都の邸に戻り、親子三人での暮らしをはじめることになっているのだ。

三人といっても、使用人は大勢いるし、王都にはジゼレッタの両親やきょうだいも住んでいるので、何かと賑やかな生活が待っているだろう。

「おっ、アルディークはよく寝てんじゃねえか」

シリアの腕の中でぐっすり眠っていたアルディークだったが、ギレンディークの声で目が覚めてしまったらしく、「ふぇ……」とぐずり出す。

「おっと、オヤジの声で泣くなよーさみしいだろ」

母の手から息子を引き取ると、ギレンディークはひょいっと抱き上げてあやしはじめた。

「もうすぐ三人とも帰ってしまうのね。さみしくなるわ」

「なーに、大丈夫だよ母。来年にはまた孫がひとり増えてるかもしんねーし！　なんなら、賑やかで耳をふさぎたくなるくらい子だくさんになるかも。な、ジゼ」

さくっと子作り宣言する夫にジゼレッタは頬を赤らめるが、両親は破顔一笑する。

「それは楽しみだ。私たちもますます健康でいなければならないね、シリア」

「本当ね。でしたら、お酒はすこし控えめにしていただかないと」

「――そこは見逃してほしいな」

そのとき、ギレンディークの本気の高い高いにびっくりしたアルディークが泣きだし、焦った彼があわててシリアの手に赤ん坊を戻した。

「母、頼む！」

自分ではお手上げ――という体を装って、ギレンディークは意図的にシリアの手に赤ん坊を委ねる。かつて、幼い息子を奪われた彼女に、たくさん抱っこさせてやりたいのだ。

それがわかっているから、ジゼレッタもその光景に目を細めた。

アルディークを膝の上に抱いたシリアは、手を伸ばし、ギレンディークも一緒に抱きしめる。

小さかったアルロスは戻ってこないけれど、立派な青年になって帰ってきたギレンディークと、その息子が腕の中にいる。

「……お帰りなさい、ギレン。こんな幸せな光景が待っていたなんて。こんな幸せな毎日を私にくれて、本当にありがとう」

「ああ、ただいま。これから先も末永くよろしくな、母上」

――これからはきっとたくさんの、今までの悲しみを凌駕するほどの幸せが待っている。

ジゼレッタは両手を広げ、愛おしい風景を閉じ込めるように手のひらを重ね合わせた。

やんちゃな貴公子を立派な旦那様に調教しなければなりません!?

ティアラ文庫をお買いあげいただき、ありがとうございます。
この作品を読んでのご意見·ご感想をお待ちしております。

✦ ファンレターの宛先 ✦
〒102-0072　東京都千代田区飯田橋3-3-1
プランタン出版　ティアラ文庫編集部気付
悠月彩香先生係／天路ゆうつづ先生係

ティアラ文庫&オパール文庫Webサイト『L'ecrin』
https://www.l-ecrin.jp/

著者――悠月彩香（ゆづき あやか）
挿絵――天路ゆうつづ（あまじ ゆうつづ）
発行――プランタン出版
発売――フランス書院
〒102-0072　東京都千代田区飯田橋3-3-1
電話(営業)03-5226-5744
(編集)03-5226-5742
印刷――誠宏印刷
製本――若林製本工場

ISBN978-4-8296-6940-2 C0193

こじらせ竜騎士王子の溺愛指南
Kojirase Ryuukishiouji no Dekiaishinan
悠月彩香 Ayaka Yuzuki
Illustration コトハ Kotoha
おまえのことを好きになったから、
責任とって結婚しろ!
王太子アヴェンの居丈高なプロポーズ!?
優しい手つきで脱がされ、甘く淫らに乱されて、
愛される悦びを知り——。